本当にあった？

恐《きょう》怖《ふ》のお話

闇《やみ》

たからしげる 編

hontou ni atta?

kyofu no ohanashi

まえがき

　このシリーズ（全三巻《かん》）には、主に児童書界《じどうしょかい》の第一線で活躍《かつやく》している三十人の著名《ちょめい》作家が、身のまわりで「本当にあった」出来事をもとに書き下ろした三十のお話を収《おさ》めています。どのお話も、「闇《やみ》」「怪《かい》」「魔《ま》」といったイメージにいろどられた、作者自身の「恐怖《きょうふ》」の体験《たいけん》がもとになっています。

　世の中には、ふつうの人には見えないものが見えてしまう能力《のうりょく》をもった人がいるものです。もし、あなたの近くにそんな人がいたとしたら、あなたはその人のいうことをどこまで信《しん》じますか？

　まちがって、してはいけないことをしてしまったとき、いくら後悔《こうかい》しても、後の祭りという言葉があります。実際《じっさい》にのんではいけないといわれている水を、知らずにのんでしまった少年たちのたどる運命は……。

この巻《かん》に収《おさ》められた作品群《さくひんぐん》のキーワードは「闇《やみ》」です。いくら目をこらして見ようとしても、先に何があるかわかりません。そんな暗い闇《やみ》を想起させるような恐怖《きょうふ》の物語が十編《ぺん》そろいました。その作風は大きく二つに分かれます。一つは、「本当にあった」ことをもとに作家としての想像力《そうぞうりょく》をさらに加《くわ》えて、一つの物語に仕上げたものです。もう一つは、作家自らが体験《たいけん》したり見聞きしたりしたさまざまな種類《しゅるい》の恐怖《きょうふ》の出来事を、そのまま紹介《しょうかい》したものです。

この一冊《さつ》を読んだ人は、残《のこ》るキーワードが「怪《かい》」「魔《ま》」の二冊《さつ》にもぜひ、目をとおしていただければと思います。また、「不思議《ふしぎ》」「奇妙《きみょう》」「不可解《ふかかい》」をキーワードにした、このシリーズとは重ならない著名《ちょめい》作家三十人による既刊《きかん》、「本当にあった？　世にも〜なお話」シリーズ（全三巻《かん》）のほうも、まだ読んでいないという人はぜひ手に取っていただけたら、編者《へんじゃ》としてこの上ない喜《よろこ》びです。

二〇一八年　春

編者《へんじゃ》　たからしげる

本当にあった？　恐怖《きょうふ》のお話・闇《やみ》〈目次〉

社会科室の女の子

山下美樹《やましたみき》

最初《さいしょ》の事件《じけん》が起きたのは、夏休み三日前の大掃除《おおそうじ》の時間だった。

「ねぇ、理香《りか》ちゃん。社会科室に変《へん》な女の子がいない？」

ふだんとてもおとなしい玲花《れいか》ちゃんが、わたしの腕《うで》をそっと引っぱった。

「変《へん》な女の子って？　今日《きょう》は大掃除《おおそうじ》なんだから、そりゃ誰《だれ》かいるとは思うけど」

おかしなことを言うなぁ、と思いながらふり返ると、玲花《れいか》ちゃんはふるえていた。

「どうしたの？　なんか気分悪そうだけど」

「いいから、社会科室をのぞいてみて」

「いいけど……」

わたしたちがいる五年一組の教室の窓《まど》からのぞくと、向かいの校舎《こうしゃ》の社会科室が見える。

生徒《せいと》が三倍もいたという、だいぶ昔に建《た》てられた校舎《こうしゃ》には、空き教室がいくつもある。

社会科室もそのひとつだ。授業《じゅぎょう》で使ったこともないし、人がいるのは大掃除《おおそうじ》の時間ぐらいだと思う。

わたしは、目を細めて社会科室の中を見た。

黒板の前の大きな机《つくえ》に、両腕《りょううで》で抱《かか》えきれないぐらいの、大きな地球儀《ちきゅうぎ》が見える。

掃除《そうじ》をしているのは、男子二人と女子一人。

空き教室は掃除《そうじ》当番の人数が少ないなと思うぐらいで、変《か》わったようすは……ない。

「ピンクのブラウスの女子がいるよ。べつにどこも変《へん》じゃないけれど、その子のこと?」

「もう一人いるの。白いブラウスに、紺《こん》のブレザーとプリーツスカート。入学式みたいなかっこうの、女の子なんだけど……」

玲花《れいか》ちゃんは小声で言いながら、わたしの腕《うで》を痛《いた》いぐらいにぎゅっとつかんだ。

でも、わたしにそんな子は見えない。

「えー、見えないよ。他の教室にいる子が、窓《まど》ガラスにうつってるとかじゃない?」

「……でも、その子、生きているように見えないんだけど……」

ささやくような、おびえた声。

えっ?? なんか、今、幽霊《ゆうれい》がいるって、さらっと言われたみたいなんですけど?

わたしはびっくりして、思わず玲花《れいか》ちゃんを見つめた。

「うそ、冗談《じょうだん》」って反応《はんのう》を期待したのに、本気でこわがっているように見える。

でも、幽霊《ゆうれい》が見えるなんて信《しん》じられない。

「や、やだなー、そんなわけないじゃない。もう一回見てみなよ。見まちがいでしよ」

わたしは軽く笑《わら》い飛《と》ばした。

玲花《れいか》ちゃんは、わたしの後ろにかくれるようにして、もう一度社会科室を見た。

「やっぱり……いる」

泣《な》きそうな顔の玲花《れいか》ちゃんを見て、わたしはだんだんイライラしてきた。

「じゃぁ、その子は掃除《そうじ》当番の子だよ。わたし、視力《しりょく》よくないから見えないだけで……」

話を終わらせようとしたけれど、玲花《れいか》ちゃんは食い下がった。

「でも、あんなに頭が大きいのは、やっぱりおかしいよ……」

「えっ、頭が大きいってどのくらい？」

予想外の答えに、思わず反応《はんのう》してしまった。

玲花《れいか》ちゃんは、のろのろと両腕《りょううで》をあげた。

「このぐらい……」

「えっ……」

わたしは、つばをごくりとのんだ。

玲花《れいか》ちゃんが、両腕《りょううで》で頭の上に大きな丸をつくっていたからだ。それじゃ、まるであの地球儀《ちきゅうぎ》ぐらいの大きさじゃない……。

「首から上だけ、不気味《ぶきみ》に大きいの。おかっぱの髪《かみ》は短すぎて、頭のサイズと合っていない気がするけど。でも、目なんかわたしの手ぐらいあって、だれかをさがしているみたいに、ギョロギョロ動いているの」

わたしは無意識《むいしき》に、その女の子を頭の中で想像《そうぞう》してしまった。生きている人間ではありえない姿《すがた》だ。そして、想像《そうぞう》の中の女の子は、うらめしげに巨大《きょだい》な目をわたしに向けた。

……わたしのバカ。

リアルな想像《そうぞう》のせいで、社会科室の女の子を実際《じっさい》に見たような、いやな気持ちになった。

「もう、やめてよ。気味が悪いじゃない」

幽霊《ゆうれい》なんて信《しん》じていないのに、背中《せなか》がぞくっと反応《はんのう》してしまう。

「わたしだって、気味が悪いけれど……。幽霊《ゆうれい》なんて見たことないし……キャー

ギロッ
?

ッ!!」

玲花《れいか》ちゃんが社会科室の方を見ながら、突然甲高《とつぜんかんだか》い声でさけんだ。

「ど、どうしたの⁉」

「あの子、わたしを見て手招《てまね》きした……」

玲花《れいか》ちゃんは、頭を抱《かか》えると、その場でぺたんと座《すわ》りこんでしまった。

「ねぇ、玲花《れいか》ちゃん、大丈夫《だいじょうぶ》?」

わたしも、さすがに本気で心配になった。玲花《れいか》ちゃんの顔は、血が一気に引いて真っ白だ。

「どうした? 何かあったか?」

担任《たんにん》の田中《たなか》先生があわてたようすで、教室にかけこんできた。

「先生! 玲花《れいか》ちゃん、急に気分が悪くなったみたいで……」

さすがに「幽霊《ゆうれい》を見て」とは言いづらくて、途中《とちゅう》で言葉を切った。

「おい、寺田《てらだ》、だいじょうぶか?」

田中《たなか》先生が話しかけても、玲花《れいか》ちゃんは目をつぶって何も言わず、ただ頭を横にふった。

「ずいぶん顔色が悪いな。よし、保健室《ほけんしつ》に行こう。立てるか？」

玲花《れいか》ちゃんは、また頭を横にふった。

「よし、先生が運んでやるからな。ちょっと足に手をかけるぞ……。しっかりしろよ」

田中《たなか》先生は、玲花《れいか》ちゃんを抱《だ》きかかえると、教室から出ていった。

——ねえ、なにがあったの？

——突然《とつぜん》さけび声が聞こえたよなー。

——ものすごい恐怖《きょうふ》って感じのさけび声じゃなかった？

——まじか。やべぇな……。

クラスの子たちも、廊下《ろうか》からのぞきこんでいるよそのクラスの子たちも、興奮《こうふん》したようにしゃべっている。

「掃除《そうじ》をサボってちゃダメじゃない！」

突然《とつぜん》、ピリッとした声がひびいて、みんなビクッとした。

となりのクラスの鈴木《すずき》先生だ。

「はーい」

となりのクラスからのぞきに来た野次馬《やじうま》たちは、しぶしぶ掃除《そうじ》場所へ戻《もど》っていった。

わたしたちのクラスは、なんとなく教室に集まってヒソヒソしゃべっていた。

「ねぇ、理香《りか》。玲花《れいか》ちゃんどうしたの？　急にさけんで具合悪くなったんだって？」

ろうかを掃除《そうじ》していた明日香《あすか》が、ヒソヒソ声で話しかけてきた。心配そうな口調なのに、好奇心《こうきしん》でいっぱいの目をしている。

「玲花《れいか》ちゃんはねぇ……」

どう言おうか迷《まよ》っていると、さっき想像《そうぞう》した社会科室の女の子が、ふと頭にうかんだ。

巨大《きょだい》な目で、わたしをにらんでいる。

「うーん、ごめん。今はうまく話せないや」

「なーんだ」

明日香《あすか》ががっかりした声を出したとき、ようやく田中《たなか》先生が戻《もど》ってきた。

「えー、寺田《てらだ》さんは具合が悪くなったので、早退《そうたい》することになった。学級委員、ランドセルを保健室《ほけんしつ》まで運んでやってくれ」

「はい」

玲花《れいか》ちゃんのランドセルが運び出されるのを、クラス中がざわざわしながら見守った。

すると、田中《たなか》先生が、

「おい、ぜんぜん掃除《そうじ》が進んでないじゃないか！　ワックスがけするまで帰れないぞ」

と大声を出したので、

「えーっ!!」

クラス中が同時にさけんで、玲花《れいか》ちゃんの話はそれきりおしまいになった。

わたしは、一人モヤモヤをかかえたまま、下校時刻《じこく》をむかえた。

玲花《れいか》ちゃんは、今ごろ家で寝《ね》ているのかな？

それとも、病院に行ったのかな？

ふと気づいたら、足が自然《しぜん》と窓際《まどぎわ》に向かっていた。わたしは、もう一度そっと社会科室をのぞいた。

やっぱり、頭の大きい女の子なんていない。玲花《れいか》ちゃんの話を本気にしたわけではないけれど、ほっとした気持ちになった。

「理香《りか》～、何してるの？　早く帰ろうよ」

明日香《あすか》が手をひらひらさせて呼《よ》んでいる。

「うん、今行く！」

わたしは、社会科室の女の子を頭からふりはらうように、いそいで教室を出た。

玲花《れいか》ちゃんは、次の日学校を休んだ。

終業式の朝、わたしが教室へ入ると、みんなが教室のすみで輪《わ》になって集まっていた。

「おはよう。何かあったの？」

わたしがのぞくと、中心に玲花《れいか》ちゃんがいた。

「あ、理香《りか》おはよう。玲花《れいか》ちゃんね、早退《そうたい》した日にケガしちゃったんだって。学校から帰って家で寝《ね》ていたら、窓《まど》がガチャンって割《わ》れて、飛《と》びこんできたボールで、両手を切っちゃったんだってさ。運が悪いよねー。それで、昨日《きのう》はお休みしたんだって」

明日香《あすか》がひそひそ声で説明《せつめい》してくれた。

玲花《れいか》ちゃんの両腕《りょううで》のあちこちに、ぶあついガーゼが貼《は》られていて、とても痛々《いたいた》しい。

終業式に出るため体育館へ行く途中《とちゅう》で、今度はわたしから玲花《れいか》ちゃんに話しかけた。

「おとといのあの後、ケガしちゃったんだってね。すごく痛《いた》そうだけど、大丈夫《だいじょうぶ》?」

一瞬《いっしゅん》、玲花《れいか》ちゃんはギクリとしたけれど、すぐにいつもの小さい声で話し始めた。

「何針《なんはり》か縫《ぬ》ったから痛《いた》むけど。お医者さんは、とっさに手で頭をかばってよかったねって。そうじゃなかったら、頭や顔を切るとか、もっと大きなケガをしていただろうって……」

「そう、大変《たいへん》だったね。早くなおるといいね。そういえば、今日《きょう》も社……」

社会科室の女の子いると思う？　と聞こうとして、やめた。玲花《れいか》ちゃんの顔が、サッと青くなったからだ。

「玲花《れいか》ちゃん、大丈夫《だいじょうぶ》？」

「う、うん。でも、あのことは話さないで。次はケガじゃ済《す》まない気がするの……。わたし、あっちの世界に連《つ》れていかれたくない」

最後《さいご》は声をしぼりだすような言い方だった。

玲花《れいか》ちゃんは、社会科室の女の子に手招《てまね》きされたせいで、ケガをしたと思っているんだ。

「そんな、まさか。ぐうぜんでしょ」

おどろくわたしに、玲花《れいか》ちゃんはきっぱり首を横にふって、それ以上《いじょう》何も言わなかった。

そのまま夏休みになったことは、気まずい雰囲気《ふんいき》を消すのにちょうどよかった。

その後、わたしたちは二度と社会科室の女の子の話をしないまま、小学校を卒業《そつぎょう》した。

★　★　★

「ねぇ、おねえちゃん。ウチの学校ってユーレイが出るって知ってる？」

ある日の夕食の席《せき》で、小学校三年生になった妹がいたずらっぽく話し始めた。

「今日《きょう》さ、そうじ当番でわたり廊下《ろうか》をそうじしてたらね、同じクラスの優《ゆう》ちゃんが社会科室にユーレイがいるって……」

社会科室の幽霊《ゆうれい》!?

わたしのお腹《なか》の中で、突然《とつぜん》胃袋《いぶくろ》がひっくり返った。心臓《しんぞう》までバクバクしている。

今まですっかり忘《わす》れていたのに、頭の大きな女の子の姿《すがた》が、一瞬《いっしゅん》で頭の中によみがえったからだ。

「ちょっとまって！　まさか、頭の大きな女の子のことじゃないよね？」

「なーんだ。おねえちゃんも知ってるの？　ウチの学校の七不思議《ふしぎ》？　社会科室にいる、紺《こん》の服をきた、巨大《きょだい》なおかっぱ頭の女の子」

妹の言う幽霊《ゆうれい》が、玲花《れいか》ちゃんが見た幽霊《ゆうれい》とピタリと合うことに気づき、わたしはぎょっとした。

「明け方に校庭を走る銅像《どうぞう》」とか、どこの学校でも聞く七不思議《ふしぎ》はあるけれど、社会科室の女の子の話は、絶対《ぜったい》に入っていない。

玲花《れいか》ちゃんから女の子の話を聞いたのはわたしだけで、わたしはだれにもしゃべらなかった。それに、わたしが五年生だったとき、妹はまだ入学前だった……。

「ねえ、その優《ゆう》ちゃんの名字《みょうじ》は寺田《てらだ》さん？　わたしと同い年のお姉《ねえ》さんがいない？」

わたしは優《ゆう》ちゃんにお姉《ねえ》さんがいて、それが玲花《れいか》ちゃんであってほしいと思った。それなら、妹に警告《けいこく》するために、社会科室の女の子の話をしてもおかしくない。

「寺田《てらだ》じゃないよ。それに優《ゆう》ちゃん、一人っ子だし。おねえちゃん、どうしたの？

もしかして信《しん》じてる？」

もちろん、信《しん》じてはいないつもりだった。

でも、姉妹でもなく、学年も離《はな》れた子が、同じ幻《まぼろし》を見るなんてことがあるんだろうか。

しかもそれが、よくある幽霊《ゆうれい》の姿《すがた》とはぜんぜんちがう、巨大《きょだい》な頭の女の子だなんて……。

「あのね、よく聞いて。その優《ゆう》ちゃんは、女の子と目があって、手招《てまね》きされた？」

「さぁ、わかんない……。話の途中《とちゅう》でチャイムがなっちゃったから」

「そう、それなら、明日《あした》、優《ゆう》ちゃんが学校に来たら伝《つた》えて。念《ねん》のために頭や顔のケガに注意してって。間に合えばいいんだけど……」

「えっ、どうしてケガするって思ったの？　優《ゆう》ちゃん、五時間目の体育の時間に、ケガしちゃったんだよ！　ドッジボールが顔に当たって、鼻血で血だらけになっちゃったの。左の白目も真っ赤になってこわかった……」

「優《ゆう》ちゃんもケガしちゃったの⁉」

思わず、強い口調で言葉が飛《と》び出したので、妹がおびえた目でわたしを見た。

「ねぇ、優《ゆう》ちゃんもってどういうこと？　もしかして、ユーレイ見たせい？」

妹は、今にも泣《な》き出しそうな顔になった。

玲花《れいか》ちゃんも、優《ゆう》ちゃんも、社会科室の女の子を見たその日に、ケガをした。

玲花《れいか》ちゃんが考えたように、社会科室の女の子が、見た人にケガをさせるのだとしたら……。もっと悪いことに、死後の世界に引きずりこもうとしているのだとしたら？


わたしは、妹を守りたい一心で、玲花《れいか》ちゃんに起きたことを手短に話し、だれにも言ってはダメだとクギを刺《さ》した。うわさが広まれば、面白《おもしろ》半分でのぞく子だって出るだろうから。

「それに、いい？　あんたたちも、二度と社会科室をのぞいちゃダメよ、絶対《ぜったい》に」

妹は真剣《しんけん》な顔で、「うん」とうなずくと、ぽつりとつけくわえた。

「……その子、入学したばかりのとき、頭の病気とかケガで死んじゃったのかもね。同じようなお友達《ともだち》がほしいんだと思うな、きっと」

「ちょっと！　社会科室の女の子に同情《どうじょう》するようなことを言わないで！　友達《ともだち》になってもいいと思われて、ねらわれちゃうかもしれないじゃないの！　とにかく、社会科室をさけてちょうだい！」

そう言って、はっとした。社会科室が見える場所は、かなりあるのだ。それに、大《おお》掃除《そうじ》で社会科室の担当《たんとう》になる可能性《かのうせい》だって……。

妹たちが卒業《そつぎょう》するまで、あと三年。社会科室の女の子が、どうか二度と現《あらわ》れませんように。わたしは心からそう願《ねが》った。

ねがいごと――信《し》貴《ぎ》山《さん》戒《かい》壇《だん》巡《めぐ》り

寮《りょう》 美《み》千《ち》子《こ》

あれは、わたしが小学校五年生になったばかりの春です。おとうさんの転勤《てんきん》で、わたしたち一家三人は、東京《とうきょう》から奈良《なら》に引っ越《こ》しました。三人っていうのは、もちろん、おとうさんとおかあさんとわたしです。引っ越《こ》したのは、ならまち。世界遺産《いさん》のお寺なんかがそこらじゅうにあるところです。家《いえ》はマンションだったけど、まわりには町家《まちや》っていう古い格子《こうし》のお家《うち》が並《なら》んでいて、まるで昔の世界にタイムスリップしたみたいな気分でした。

はじめての転校で、すごく心配だったけれど、町の人も学校の友だちもみんなやさしくしてくれました。学校へは「集団登校《しゅうだんとうこう》」します。一年生から六年生まで、みんなでいっしょに行くのです。東京《とうきょう》では自分のクラスの子としか話さなかったから、いろんな学年の子がなかよく話しているのを見て、不思議《ふしぎ》な感じでした。妹や弟がいる子もいました。おにいさんに手を引っぱられて、真新しい大きなランドセルを背負《せお》っている女の子や、やんちゃですぐ走りだしちゃうんで、おねえさんにいつもぎゅっと腕《うで》をつかまれている男の子。みんなかわいくてかわいくて、すごくうらやましくなっちゃった。わたしにも、妹や弟がいたらいいなあって、思うようになりました。

ある日、わたしはおかあさんに言ってみました。「うちにも、妹か弟がいたらよかったのになあ」。そうしたら、おかあさん、急に泣《な》きそうな顔をして「ごめんね、一人っ子にしちゃって」って。わたしはびっくりして「いいの、いいの。一人っ子だから、おとうさんもおかあさんも独り占《ひとりじ》めだもの」と言うと、おかあさんはやっと笑《わら》ってくれました。

お引っ越《こ》しの荷物も片付《かたづ》いたころ、おとうさんが「五月の連休《れんきゅう》に、信貴山《しぎさん》に行ってみようか」と言いだしました。山登りをするのかと思ったら、お寺だって。

「信貴山朝護孫子寺《しぎさんちょうごそんしじ》っていってね、トラがいっぱいいるんだって」

「トラ？　動物園があるの？」

「あはは、違《ちが》うよ。寅年《とらどし》のトラ。空想の動物さ。西の方角を護《まも》る守り神なんだよ」

「そうか、おとうさんもわたしも、寅年《とらどし》だものね」

どんなところだろうかと、ワクワクしてきました。

その日はとってもいいお天気で、わたしたちは電車で王寺《おうじ》駅まで行って、バスに乗りました。駅前にはビルなんかあったけど、大きな川を渡《わた》ると、みるみる様子が変《か》わります。木がいっぱい繁《しげ》った緑のトンネルの山道を、バスはぐんぐん上っていきました。

信貴大橋《しぎおおはし》という停留所《ていりゅうじょ》で、バスを降《お》りるとすぐに、やけに細長くて白い虎《とら》の像《ぞう》がありました。背中《せなか》に羽が生えています。

「西を護《まも》る白虎《びゃっこ》だよ」

おとうさんって、ほんと物知りで、すごい。そこから、石畳《いしだたみ》の坂道を上って古い門を潜《くぐ》ると、こんどはものすごく大きな張《は》り子《こ》の虎《とら》がいました。首をゆらゆら揺《ゆ》らしています。お寺じゃなくて、遊園地みたい。どこもかしこも虎《とら》だらけです。

見あげると、広いお山のあちこちにお寺があって、どこからか、不思議《ふしぎ》な音が響《ひび》いてきます。お経《きょう》と太鼓《たいこ》でしょうか。ほら貝の音もする。道が迷路《めいろ》みたいにぐるぐるしていて、上がったり下がったり、その行く先々にお堂《どう》があり、拝《おが》むところがありました。いろんなお守りやおみやげもあって、張《は》り子《こ》の虎《とら》なんか、小さいのからすごく大きいのまで、ずらっと虎虎虎《とらとらとら》だらけ。

それから、わたしたちは、虎《とら》のトンネルを潜《くぐ》りました。大きな虎《とら》が口を開けていて、そこから中に入って、虎《とら》のお腹《なか》の中を抜《ぬ》けて出るんです。お尻《しり》から出るのかと思ったら、出口も口でした。二匹《ひき》の虎《とら》がつながっていたのです。外に出てみると、虎《とら》のトンネルの上に小さな虎《とら》が一匹《ぴき》。きっと、あれが子どもで、トンネルの二匹《ひき》はおとうさんとおかあさん。

「おとうさん。ねえ、なんでこんなに虎《とら》ばっかりなの？」

「千四百年前、聖徳太子《しょうとくたいし》が敵《てき》を倒《たお》そうとしてお祈《いの》りをしたら、戦《たたか》いの神の毘沙門天《びしゃもんてん》様が現《あらわ》れたそうだ。それがちょうど寅年《とらどし》、寅《とら》の日、寅《とら》の刻《こく》だったからだってさ」

「ええ！　聖徳太子《しょうとくたいし》って、戦争《せんそう》したんだ。いい人だと思ってたのに」

そんなふうにして、あちこち回って、わたしたちはやっと高いところにある本堂《ほんどう》にたどりつきました。そこから見た景色《けしき》がすごかった。ばあっと見渡《みわた》せて、盆地《ぼんち》やその向こうの山もくっきり見えます。

「ああ、こっちは斑鳩《いかるが》だね。日はこっちから昇《のぼ》るから、夜明けに来たらすばらしいだろうなあ」

おとうさんがまぶしそうな顔をしました。

「あなた、ご祈禱《きとう》、お願《ねが》いしましょうよ」とおかあさん。

「そうだな、あの子のためにも」

あの子って、だれ？　わたしのこと？

申込《もうしこ》みの紙に名前や住所や願《ねが》い事《ごと》を書いて、わたしたちは、お堂《どう》の中に入れてもらいました。きらきらしたいろんな飾《かざ》りでいっぱいです。お坊《ぼう》さんたちがやってきました。それからがすごかった。お経《きょう》なんて退屈《たいくつ》だろうって思っていたのに、ぜんぜん違《ちが》う。声を合わせてお経《きょう》を読むと大合唱《だいがっしょう》のよう。太鼓《たいこ》がお腹《なか》の底《そこ》に響《ひび》き、シンバルが鳴《な》り響《ひび》きます。手品みたいにお経《きょう》をパラパラ空中で開いたり閉《と》じたりして、みんなが大声でかけ声をかけてお経《きょう》でバンバン机《つくえ》を叩《たた》いて、わたしはもう、目をまん丸くして見ていました。

お祈《いの》りが終わると、大きな木のお札《ふだ》をもらいました。

「お祈《いの》りしてもらうと、すっきりするわね」とおかあさん。「そうだな。気持ちが落ちつくな」とおとうさんも、うなずきます。わたしはなんだか、別《べつ》の世界に連《つ》れていかれて戻《もど》ってきたような気持ちになりました。

帰ろうとすると、お寺の人に「戒壇巡《かいだんめぐ》りをなさいませんか」と声をかけられました。

「戒壇巡《かいだんめぐ》りって？」

「心願成就《しんがんじょうじゅ》を祈《いの》るご修行《しゅぎょう》の道場で、本堂《ほんどう》真下のまっ暗な回廊《かいろう》を一巡《ひとめぐ》りしていただきます。長さ九間《きゅうけん》四面《しめん》三十六間《さんじゅうろっけん》、暗い部分で約《やく》六十メートル、約《やく》五分間でお詣《まい》りができます」

「まっ暗なの？　怖《こわ》くない？」

「怖《こわ》くはありませんが、十人にお一人ぐらいは、戻《もど》ってこられません」とお寺の人が言ったので、わたしは思わず「きゃっ」と叫《さけ》びました。するとお寺の人は笑《わら》いながら「冗談《じょうだん》ですよ。ごめんなさいね、お嬢《じょう》ちゃんを脅《おど》かしてしまって。仏《ほとけ》さまのみもとですから、怖《こわ》いことなんてなんにもありませんよ」と言いました。おとうさんが「長野《ながの》の善光寺《ぜんこうじ》さんの胎内巡《たいないめぐ》りと同じだな。まっ暗な中、手探《てさぐ》りで歩くの、面白《おもしろ》いぞ。マイ、行ってみようよ」と誘《さそ》います。「わたしもやってみたいわ。心願成就《しんがんじょうじゅ》って、願《ねが》いが叶《かな》うってことでしょう」とおかあさん。三人で行くことにしました。

お寺の人が説明《せつめい》してくれましたが、むずかしくてよくわかりません。

「ともかく、右手で右の壁《かべ》を触《さわ》りながら進めばいいんだよ。灯《あか》りのあるところで仏《ほとけ》さまにお祈《いの》りして、それから木の格子《こうし》のところにある鉄の錠前《じょうまえ》に触《さわ》ったら、お願《ねが》い事《ごと》をすればいい。きっと叶《かな》うそうだ」とおとうさんが通訳《つうやく》してくれました。

わたしは、怖《こわ》いので、一番後ろから行くことにしました。だって、暗闇《くらやみ》になにかいたら怖《こわ》いもの。怪物《かいぶつ》がいたらおとうさんが戦《たたか》ってくれて、おかあさんがわたしを守ってくれるでしょう。階段《かいだん》を降《お》り、錦《にしき》のカーテンを潜《くぐ》って、まずおとうさんが、そしておかあさんが、それからわたしが入りました。

二、三歩行くと、もうほんとうにまっ暗です。なんにも見えません。前を行くおとうさんもおかあさんも、壁《かべ》も、自分の手も見えないのです。夜で星が見えないときだって、こんなにまっ暗じゃありません。どこかに薄明《うすあ》かりがあります。でも、ここじゃほんとうになんにも見えない。「鼻をつまれてもわからないっていうのは、こういうことだなあ。マイ、だいじょうぶか」とおとうさんの声が前の方から聞こえてきました。耳が、いつもよりずっとよく聞こえます。おとうさん、こんなにやさしいいい声だったんだ。前におとうさんがいると思うと、怖《こわ》くありません。「うん、だいじょうぶ」。わたしは、右手を壁《かべ》に当て、左手を空中に泳がせて、足を地面に摺《す》るようにして、そろりそろりと歩きました。

目の見えない人ってこんなんだろうか。床《ゆか》はきっと平らなんだろうけれど、一歩ごとにぐんぐん下に降《お》りていくような気がしてなりません。そのまま、ぐるぐる巡《めぐ》って、地の底《そこ》まで行ってしまいそうです。どこまでが自分なのかもわかりません。暗闇《くらやみ》と自分の境目《さかいめ》がなくなって、闇《やみ》に溶《と》けてしまいそう。

だから、二番目の角を曲がって、暗闇《くらやみ》にほのかな橙色《だいだいいろ》の光を見つけたときには、心底《しんそこ》ほっとしました。近づいていくと、壁《かべ》の穴《あな》の中にたくさんの小さな仏《ほとけ》さまがいました。むずかしい字が書いてあってよくわからないので、わたしはともかく両手を合わせてお祈《いの》りしました。おとうさんたちは、もう先の方に行ってしまったようです。早く行かないと置《お》いてきぼりです。わたしはお祈《いの》りもそこそこに、また右手で壁《かべ》を伝《つた》って歩き始めました。

次の角を曲がると、またまっ暗。でも、すぐに木の格子《こうし》に指が触《ふ》れました。手探《てさぐ》りをすると、大きな大きな錠前《じょうまえ》に触《さわ》りました。「鉄の錠前《じょうまえ》に触《さわ》ったら、お願《ねが》い事《ごと》をすればいい。きっと叶《かな》うそうだ」というおとうさんの声が頭の中に響《ひび》きました。

そのときわたしは、ふと、あの願《ねが》い事《ごと》を思い出したのです。錠前《じょうまえ》を触《さわ》りながら、思わず心の中で「弟か妹がほしい」と願《ねが》っていました。そして、一刻《いっこく》も早くおとうさんとおかあさんに追いつこうと、歩きだしたのです。

出口は、思わぬほど近くにありました。まっ暗だったのが、うっすら明るくなったかと思ったら、もうそこは出口の錦《にしき》のカーテンだったのです。

「おとうさん！　おかあさん！」

わたしは外に飛《と》び出しました。階段《かいだん》を駆《か》け上がります。

ところが、そこにはおとうさんもおかあさんもいなくて、明るい光だけががらんと射《さ》していました。なんで？　わたしを置《お》いて先に行っちゃったの？

泣《な》きそうになったとき、「ああ、もう出口だ」と後ろから声がしました。おとうさんの声です。わたしはびっくりして振《ふ》りむきました。階段《かいだん》の下、錦《にしき》のカーテンを開いて出てきたのは、おとうさんでした。そのすぐ後ろから、おかあさんも出てきました。

「あ、おとうさん、おかあさん！」

ほっとするのと同時に、頭がぐらぐらしました。だって、おとうさんもおかあさんも、わたしの先を歩いていたのに。わたし、いつ追い越《こ》してしまったのでしょう。

そう思ったら「おかあさーん」とかわいい声がして、小さな女の子が出てきました。

「レイちゃん、怖《こわ》くなかった？」とおかあさんがその子を抱《だ》っこしました。

「ううん、ちっとも怖《こわ》くなかった」と女の子はにこにこしています。

「マイは一番前を歩くなんて、勇気《ゆうき》あるなあ。さすが長女だ、頼《たの》もしい」とおとうさんが、わたしの肩《かた》をたたきました。

「その子、だれ？」

「なに言ってんだ。レイちゃんだよ」

「どこの子？」

「おまえの妹じゃないか。どうしちゃったんだよ、マイ」

「妹……。妹なんかいないよ。知らないよ、そんな子」

わたしはそう叫《さけ》びました。そして、わけがわからなくて泣《な》きだしてしまったのです。

「だいじょうぶですか？」と、お寺の人がやってきました。

「まっ暗なのがショックだったようです。感じやすい子ですから。しばらくしたら落ちつくでしょう」

出口

おとうさんはそう言って、「もう、だいじょうぶだよ」とわたしを抱《だ》きしめ、よしよしと背中《せなか》を撫《な》でてくれました。わたしは、おとうさんに抱《だ》きついて、わんわん泣《な》きました。泣《な》きながら、思いました。ほんとうに、お祈《いの》りが届《とど》いてしまったのだろうか、と。

おかあさんに抱《だ》っこされている女の子を見ると、わたしを見て「おねえちゃん、どしたの？　なんで泣《な》いてるの？」とあどけない声で言うのでした。

帰り道、あの虎《とら》のトンネルを見ると、親虎《とら》の上の子虎《とら》が、二匹《ひき》になっていました。

六年生になって、わたしは一年生に上がった妹の手を引いて、学校に通うようになりました。夢《ゆめ》が叶《かな》ったのです。不思議《ふしぎ》なことに、レイちゃんがいることを、だれも不《ふ》思議《しぎ》ともおかしいとも思いません。妹はとてもかわいくて、やさしいいい子で、おかあさんもうれしそうです。わたしもうれしい。でも、どこか不安《ふあん》です。

わたしは、あの暗闇《くらやみ》のトンネルを抜《ぬ》けて、別《べつ》の世界に来てしまったのでしょうか。暗闇《くらやみ》のトンネルで、もう一つの、妹のいる世界に住んでいたわたしと、入れ替《か》わってしまったのでしょうか。だとしたら、もう一人のわたしは、どうしているんだろう。急に妹が消えて、さみしい思いをしているのではないかと思うと、申し訳《わけ》ない気持ちでいっぱいになるのです。それとも、その子は錠前《じょうまえ》を触《さわ》ったとき「妹なんか消えちゃえ」って願《ねが》ったのかな。だとしたら、その子はいま、どんな気持ちだろう……考えるだけで、怖《こわ》い。

やがて、わたしは小学校を卒業《そつぎょう》して、地元の中学校に進みました。レイちゃんは、二年生になりました。

もうすぐ五月の連休《れんきゅう》です。レイちゃんが「虎《とら》のお寺に行きたい」と言いだしました。おとうさんは「そうだな、みんな元気で一年を過《す》ごせたから、お礼に行かなくちゃな」と言います。おかあさんも「またご祈禱《きとう》してもらって、新しいお札《ふだ》をいただきましょう」と言っています。

わたしは、どうしたらいいのでしょうか。ずっとずっと、このままでいたい。でも、わたし、ほんとうにここにいて、いいのかな。こんなしあわせな世界に。

レイちゃんがうれしそうに言いました。

「また、あの暗いところ、行こうね」

のんだらいけません

那須田《なすだ》　淳《じゅん》

「けっこうすいてる。早く知らせにもどろう」

ぼくとそうちゃんは、おおいそぎで自転車にまたがった。

夏休みになったばかりのことだ。

となり町の流れる屋外プールに出かけたいと思ったけれど、ぼくらはまだ小学四年生。そこは、四年生までは子どもだけでは入場禁止《きんし》だったので、そうちゃんの兄のケイさんにつれていってと頼《たの》みこんだ。

でも、「えー、どうせいっぱいで泳げないぜ」とことわられてしまったのだ。

「もしすいてたら？」

と、くいさがると、

「だったらついていってもいい」

ケイさんは、めんどくさそうにあくびをしながらこたえた。

それでぼくとそうちゃんは、わざわざようすを見にやってきたのだった。

まだ午前十時をすぎたあたりで、しかも平日のせいか、プールはさほどこんではいなかった。大きな浮《う》き輪《わ》につかまって、流れの中で、はしゃぐ中学生らしい女の子たちの歓声《かんせい》が外まで聞こえてくる。

「これなら、ぶつからずに泳げそうだね」

「がらがらだったっていおうぜ。かっちゃんがそういえば、兄《にい》ちゃんは信《しん》じるから」

ぼくらは、ふたりともまだスマホどころかケータイももっていなかった。

「あ、そうだ、近道とおろうよ」

そうちゃんが、ちょっとブレーキをかけて、ふりむいた。

「近道って？」

「ほら、いま大きな山をくずしているところあるだろ」

それまであった谷と山をこわして、工事がすすめられていた。大きな住宅地《じゅうたくち》がまたできるらしい。ぼくらの家は、その山をおりた住宅地《じゅうたくち》にあったから、工事現場《げんば》をつっきることができれば、ずいぶん時間がかせげるはずだ。

「二十分は、はやいぞ」

「だけど、立ち入り禁止《きんし》じゃないの？」

「それがね。なんかへんな遺跡《いせき》がみつかったとかで、いま工事中止しているらしいよ」

たしかに、そうちゃんがいうとおりだった。

工事現場《げんば》の入り口に近づくと、トラもようの柵《さく》のむこうにブルドーザーが二台とまっているきりで、働《はたら》いている人たちはだれもいない。

「だいじょうぶかなあ」

「へいき、へいき」

そうちゃんが柵《さく》のすきまに自転車をこじいれたので、ぼくもあとをおった。

山林がけずられ、茶色の山はだがむきだしになっている。そのあいだを工事用の道路が山の上へとつづいていた。

山といっても小さな丘《おか》みたいなもので、のぼってしまえばあとは一気の下り坂。

あっというまに家につく……。

そのはずだったのに……。

工事用の道路は、まだ舗装《ほそう》されていなくて、ひどいでこぼこだったし、昨日《きのう》の夕立のあとなのか水たまりがあっちこっちにあって、のぼるのもたいへんだった。

ぼくのも、そうちゃんのもマウンテンバイクで、タイヤが太くてじょうぶだったからよかったようなものの、ふつうのママチャリならパンクしていたにちがいない。

ひいひい歯をくいしばって、ようやく山のてっぺんまでのぼってきた。

はあああと、自転車のハンドルに頭をのせたとたん、どっと汗《あせ》がふきだしてきた。

すると、とつぜんに、
ミーンミーンミンミン

と、セミの鳴き声の大洪水《だいこうずい》におそわれた。

そのあたりはまだ工事の手が入っていなくて、木々はうっそうと葉をおいしげらせていたのだ。

ぼくは、ほてったからだをさまそうと、木陰《こかげ》に自転車をよせた。そのとき、道のはしっこにあったみょうな石像《せきぞう》につまずいて、こけそうになった。

なんだ、カエルみたいな顔をしてる。

こけむし、半分われているような古い石の像《ぞう》で、やけにひらべったい顔がぶきみだった。

そのとき、

「お～い、おいてくなあ」

と、さけびながら、そうちゃんが、やっとすがたを見せた。

肉付《にくづ》きのいいそうちゃんが、サドルからおしりをあげて、えっちらおっちらいっしょうけんめい坂道をのぼってくる。

それがなんだかスローモーションを見ているみたいで、おかしかった。

笑《わら》っていると、

「か、かっちゃん、み、水くれ」

そうちゃんは、ぼくのそばにやってきて、自転車を横倒《よこだお》しにするなり尻《しり》もちをついて、ぜえぜえとうめいた。

「水なんてもってないよ」

「え、まじかあ！　おれ、もう死ぬ」

「水なら、あとでプールに行ったとき、死ぬほどのめるじゃん」

「やめてくれ、ほしいのは今なの」

そうちゃんは、「ああ」と声をあげた。

「ここってネコ池のそばだろ。ほとりに水がわいているって兄《にい》ちゃんがいってたぞ」

この山のてっぺんからちょこっと下がったところに、たしかに小さな池があった。まえにそうちゃんたちと探検《たんけん》に来たことがあったから知っている。

でもわき水のことは、はじめてきいた。

そういうと、そうちゃんは、

「それがあるんだって。へんなお地蔵《じぞう》さまみたいなのがあって、そのわきからこんこんとわき出ているらしいぞ」

「ふうん、へんなお地蔵《じぞう》さまって、もしかして、これか？」

ぼくは足もとのカエルの石像《せきぞう》を足でつついた。

「おっ」

そうちゃんは、はうように近づいてきて、石像《せきぞう》の横の草をかきわけると、すぐに、

「みっけ」

と、歓声《かんせい》を上げ、両手で水をすくってみせた。

「これぞ、神のたすけ」

「まさか、のむんじゃないんだろうね」

「なんで、だめ？」

「おなかこわすぞ」

ぼくは、草の中をにじみ出るようにしてこぼれおちていく泉《いずみ》のさきをながめた。

ネコ池は緑色にどんよりにごっている。

「でも、兄《にい》ちゃんものんだし、うまかったってじまんしてたぞ。それに、おれ、ちょっとぐらいおなかこわしてもいいや」

そうちゃんはそういうと、ぽこぽことわき出す泉《いずみ》に顔を近づけ、よろこびの声をたてた。

「すげえうまい。だまされたと思って、かっちゃんものんでみろ」

それでも、ぼくがあやしんでいると、そうちゃんは目を細めた。

「おれがうそついたことあるか？」

あるよ、いっぱい。でも、何度もすくってはうまそうにのんでいるそうちゃんの顔を見て、病気になるのは一緒《いっしょ》だしと、ぼくもおそるおそる手を伸《の》ばした。

たしかに水はおいしかった。地下水がわき出ているらしく、ひんやりつめたくて、からだじゅうにしみわたるみたいだった。

「元気が出てきたぞ。これはきっとすごい名水かも」

そうちゃんにいわれて、ぼくもうなずき、それからはっとして空を見上げた。

木々の梢《こずえ》の間から、ぎらぎらとした夏の太陽がのぞいていた。もう昼近くらしい。

「近道のつもりが、なんだか、かえっておそくなっちゃったね」

「よし、元気百倍になったし、一気におりるぞ。まってろ、兄《にい》ちゃん！」

そうちゃんがにぎりこぶしをつきあげたのを合図に、ぼくらはふたたび自転車にまたがり、走り出した。

ところがゆるやかな斜面《しゃめん》をおりていくと、また急な上り坂になった。

はあはあと息を切らして、てっぺんにたどりついたぼくは、ハンドルによりかかりながら、そうちゃんがのぼってくるのを待つ。

あれ……？

みると、足もとに、さっきのと同じようなカエルの石像《せきぞう》があった。

しかもすぐそばの草むらからわき水もわいている。下をのぞくと、緑色の水をたたえた池らしきものも見えた。

このあたりは同じような池がたくさんあるのかも。

ぼくはそんなことを思いながら、のぼってきたそうちゃんと一緒《いっしょ》に、わき水をのんだ。

そして、また自転車で走り出す。

それからしばらく走って、急な坂道をのぼりきると、また同じような風景《ふうけい》が見えてきた。

ていうか……これ……。

ぼくは、やすめようと足をのせていたカエルの石像《せきぞう》を見て、どきっとした。

カエルがにたーっと笑《わら》ったような気がしたからだ。

「ひいっ」

ぼくが声をしぼり出したとき、のぼってきたそうちゃんが息もたえだえにきいてきた。

「どうしたの？」

「ぼくら、同じとこまわっている」

「まさかあ」

「ほんとうだって、ほら」

ぼくは、すこしぬかるんだ道をゆびさした。

ニタァ

ぼくらの自転車のタイヤと同じあとが、くっきりと前のほうにつづいていた。

「わあああ」

そうちゃんがわめきながら、いきなり自転車で走り出した。

ぼくもあとをおって、あとになりさきになりしながら、急な坂をのぼりきって、また死にそうな気持ちになった。足もとに、あのくちはてたようなカエルの石像《せきぞう》があったのだ。しかもいまははっきり笑《わら》っている。

夕暮《ゆうぐ》れが近づいているのか、少しずつあたりが暗くなってきた。

「もしかして、このままうちに帰れなかったらどうしよう」

そうちゃんがうっうっと泣《な》き出した。

ぼくも泣《な》きそうになったとき、下のほうから数人のヘルメット姿《すがた》の男たちがゆっくりのぼってくるのが見えた。

「きみたち、どうしたんたんだね」

なかでもいちばん年上らしき人が、ぼくらを見ておどろいたように近づいてきた。

「ぼくら迷子《まいご》になったんです」

泣《な》きながらわけを話すと、

「この先の道はわかりにくいからね。夜になるまえに、このまま引き返して元きた道をおりたほうがいいよ」

男の人はぼくにそういうと、うしろにいた若《わか》い人たちに、木々のあいだにロープをはるように命じた。

「あっちのほこらのあたりから、この石仏《せきぶつ》と池をぜんぶかこったほうがいい」

池のむこうには、ほこらもあるという。

「ここって、もしかして遺跡《いせき》なんですか？」

「ああ。まだいつごろのものかわからないから、調べるまで工事を中止してもらったんだ」

男の人は遺跡《いせき》研究の先生だそうだ。

それから先生はカエルの石像《せきぞう》のそばに、板を打ち込《こ》んだ。

この泉《いずみ》の水はのんではいけません

と、板に文字があった。

「のんじゃだめなの？」

おそるおそるきくと、先生は顔をしかめた。

「きみたち、のんだの？　どれぐらい？」

「え、わりとたくさん」

「あちゃー」

「まさか毒《どく》とか、ばいきんがいっぱいとか」

そうちゃんは、「う、うう」と両手でのどのあたりをかきむしるようにしてみせた。

ぼくものどがやけるような気がしてあせっていると、先生は苦笑《にがわら》いした。

「水質的《すいしつてき》にはだいじょうぶ。検査《けんさ》ずみだからね。でも……きみらは何回、ここをぐるぐるまわったのかい？」

「えっと三回」

「なるほど……だったらまあ、たいしたことないだろう」

先生はそれから石像《せきぞう》のほうを見て、

「もしかして、きみたちこの土地神《とちがみ》さまにいたずらとかしたか？」

この奇妙《きみょう》なカエルみたいな石像《せきぞう》は、土地神《とちがみ》さまとよばれているらしい。

「これって、神さま……なんですか？」

「そうだよ。だからへんなことをするとたたられる」

ぼくは靴《くつ》で何回もけとばしたことをいうと、先生はふうとためいきをついた。

「だったら、ごめんなさいって、あやまっておきなさい」


それから、ぼくとそうちゃんは、工事現場《げんば》の入り口までもどり、ぐるりとまわって、やっとの思いで家にたどり着いた。

ぼくらがおそくなったわけを話すと、兄のケイさんは、半分苦笑《にがわら》いしながら、ぼくらが会ったのは、自分の高校の歴史《れきし》の先生だろうと教えてくれた。

「先生の話だと、あそこのわき水は『あともどりの泉《いずみ》』っていうんだって」

別名《べつめい》で「若返《わかがえ》りの泉《いずみ》」というのだそうだ。

「それって、もしかして歳《とし》をとらないっていうやつですか？」

「いや、文字通り、若《わか》くなる」

「すごい、じゃあいい水なんじゃん。女の人向けに売り出せばおおもうけかも」

「でも、のむたびにぐるぐる道をまわっていると、どんどん若《わか》くなって、しまいには赤ちゃんになっちまうらしいよ」

「げっ」

それで先生は、何回まわったかって気にしていたのか……。

「水をのんで一回まわると、何歳若返《なんさいわかがえ》るんですか？」

「どうだろうね」

ケイさんはふと真顔になった。

「おれの場合は五回まわって、身長が五センチ縮《ちぢ》んだ」

高校生にしては少し小柄《こがら》なケイさんを見ながら、ぼくはどきりとした。

それならぼくは三センチ……。

でも、あやまったおかげなのか、家に帰って身長をはかってみたら、ちっともかわってはいなかった。

ただ、その夏休み、ぼくとそうちゃんの身長は、なぜかちっとも伸《の》びなかったのだけれど。

あらしの中のヒィーヌムン

長崎夏海《ながさきなつみ》

ゴゴゴーッという音で、目がさめた。家の中は真っ暗。そうか、台風だ。台風がきたんだ。

きのうのうちに雨戸をぜんぶしめて、くぎでうちつけた。

それでも風がうなる音がひびく。うなるっていうよりあれくるってほえているみたいだ。

いやなことが起こりそうで、胸《むね》がざわざわする。

ドカドカドカーッ。これは雨の音。トタン屋根だからすごくうるさい。

こんどの台風は、これまでにないぐらい大きいってきいている。父《とう》さんは、何日も前から屋根の修理《しゅうり》をしたりビニールハウスのビニールをとったりしていた。

母《かあ》さんは、停電《ていでん》にそなえてクーラーボックスを二つと発泡《はっぽう》スチロールの箱を出して、氷を用意した。大切なものは、リュックにつめておふろ場に。うちは、おふろ場だけがコンクリートで、いちばん安全だからだ。青いバナナもつるした。

雨戸がガタガタ音をたてた。

「え?」

がばっと起きあがる。母《かあ》さんは、となりでぐーぐー眠《ねむ》っているけど、あたしは無理《むり》。ねていられない。

リビングに行こうとしたけれど、本気で真っ暗。目をあけているのにつぶっているみたい。手さぐりで、まくらもとの懐中電灯《かいちゅうでんとう》を探《さが》す。

あった。母《かあ》さんを起こさないように足もとにむけて懐中電灯《かいちゅうでんとう》をつける。

リビングの入り口にある電気のスイッチを入れる。

「あれ？」

つかない。何度パチパチとやってもつかない。

これって、停電《ていでん》だ。

リビングの奥《おく》でゴソッと音がした。懐中電灯《かいちゅうでんとう》をむけてみる。

むっくりと黒いものが動いた。

「わ！」

あとずさりしたら、しりもちをついてしまった。

「どうした？」

この声は。なあんだ、父《とう》さんか。

テーブルの上がポワッと明るくなった。乾電池《かんでんち》式のランタンだ。

「父《とう》さん、ソファでねてたの？」

「ここのほうが、すぐ起きられると思って。布団《ふとん》だとねこんじゃうからな」

突然《とつぜん》部屋《へや》が明るくなって、テレビもついた。

あたしたちは、「おお」と顔を見あわせたけど、またすぐに電気が消えた。

「あーあ。消えちゃった」

「本格的《ほんかくてき》な停電《ていでん》になったな」

父《とう》さんは太いろうそくにも火をつけた。やんわりとしたオレンジ色の明かりがひろがる。

「六時か。もう少しねるか？」

「目がさめちゃった」

「父《とう》さんも。さて、ビールでものむか」

あたしはクーラーボックスから、ペットボトルのお茶と父《とう》さんのビールをだす。停《てい》電《でん》の時は冷蔵庫《れいぞうこ》をあけたらダメなんだ。

父《とう》さんのよこにすわって、暗い部屋《へや》を見わたす。雨と風の音だけがする。いつもの部屋《へや》とは全然《ぜんぜん》ちがう感じ。

「秘密基地《ひみつきち》にいるみたいだね」

「そうだ、お菓子《かし》もあるぞ」

テーブルにドーンと紙袋《かみぶくろ》をのせる。

ポテトチップ、クッキー、柿《かき》の種《たね》、ピーナッツ……たくさんある。

スナック菓子《がし》は体に悪いからって、ふだんはあんまり買ってもらえない。でも、台風の時だけは特別《とくべつ》なんだ。

「やっぱりポテチだよね？」

「おお、いいね」

ふたりでポテトチップをパリパリ食べる。ランタンとろうそくの光の中で食べると、特《とく》においしい感じ。

「台風って、ちょっと楽しいね」

「朝からビール飲めるしな」

雨と風が少しおさまった。

「今、何時？」

「六時七分」

さっきから七分しかたっていない。

「台風の時って、時間たつのがおそいよね？」

「なんにもできないからだろうな」

テレビもDVD《ディーブイディー》もみられないし、ゲームもできない。本を読むには暗すぎる。

おととしの停電《ていでん》の時は、何していたんだっけ？

ええと……。父《とう》さんと母《かあ》さんと三人で、トランプをした。しんけいすいじゃく、あたし、得意《とくい》なんだよね。引き出しからトランプを出す。でも、やっぱりこれは母《かあ》さんと三人のほうが楽しいな。

あとは……。そうだ、お話だ！　母《かあ》さんに、父《とう》さんと知り合った東京《とうきょう》での話をしてもらったんだ。

「ね、父《とう》さん。お話して」

「え〜、お話なんか知らないよ」

「なんでもいいよ。東京《とうきょう》の話とか、父《とう》さんが子どものころのこととか」

父《とう》さんは、しばらく考えてから、

「岬《みさき》は、おとなりの泉《いずみ》さん、覚《おぼ》えてるか？」と言った。

「うん。釣《つ》ってきたお魚、持ってきてくれた。イカがすごくおいしかった」

でも、あたしが小学生になってすぐのころ、ひっこしてしまった。あれからずっと空き家で、きれいだったお庭は草ぼうぼうになっている。

「その泉《いずみ》さんのお父《とう》さん、源《げん》さんの話だ」

父《とう》さんは、なぜだかランタンを消して、ろうそくの明かりだけにした。

「源《げん》さんは、ヒィーヌムンにさらわれたんだ。しかも三回もね」

「ヒィーヌムンって？」

「木に住んでいる妖怪《ようかい》だよ」

「妖怪《ようかい》⁉」

あたしは、びっくり。父《とう》さんの口から妖怪《ようかい》って言葉が出てくるとは思わなかった。だって、幽霊《ゆうれい》も迷信《めいしん》もＵＦＯ《ユーフォー》も全然《ぜんぜん》信じていなくて、ばかばかしいって笑《わら》う。

「父《とう》さんは妖怪《ようかい》がいると思うの？」

「信《しん》じたくないんだけど。でもこればっかりは、妖怪《ようかい》ぬきには理解《りかい》できないんだ」

あたしは父《とう》さんの顔を見た。ろうそくの明かりが下からあたってちょっと不気味《ぶきみ》。

ドドドーッと雨の音がした。つづいて、ゴゴーッと風の音。

あたしは父《とう》さんの声がよく聞こえるように、ピタッととなりにくっついた。

「一回目は、父《とう》さんが中学生の時だった。その日、源《げん》さんと奥《おく》さんのツルさんはいつものように畑仕事をして、そのあとツルさんは買い物に行った。源《げん》さんは、『お風呂《ふろ》たいとくよ』って言っていたんだって。そのころは薪風呂《まきぶろ》で時間がかかったからね。でもツルさんが帰ってきたら、源《げん》さんはいなかった」

「どうして？」

「わからないんだ。車もバイクもそのまま。いつもはいているサンダルがなかったから、ちょっとそのへんまででかけたんだろうなって思ったんだって。お風呂《ふろ》の水が出しっぱなしになっていて、ザーザーあふれていたらしい。だけど、いくら待っても帰ってこなかった。一晩《ひとばん》すぎて朝になって、みんなであわてて探《さが》しに行った」

「警察《けいさつ》には？」

「もちろん届《とど》けた。おまわりさんも来て、林も海もため池も、閉鎖《へいさ》されてる湧《わ》き水《みず》の洞窟《どうくつ》も全部探《さが》した。でも見つからなかったんだ」

あたしはドキドキしてきた。

「四日後、源《げん》さんは帰ってきた。ランニングシャツにステテコ、サンダルもどろだらけで、げっそりやせていたって」

「それ、どういうこと?」

「源《げん》さんが言うにはね、気がついたら山の中にいて、木の下でヒィーヌムンにお酒をふるまわれていたんだって」

『妖怪大辞典《ようかいだいじてん》』で見た妖怪《ようかい》の絵が頭にひろがる。一反木綿《いったんもめん》、ぬらりひょん、うわん、つるべ落とし、こなきじじい、海坊主《うみぼうず》に海女房《うみにょうぼう》……。

「その妖怪《ようかい》って、どんな顔?」

「それがよくわからないんだって。ずっといっしょに飲んでいたからしっかり見ていたはずなのに、思い出そうとするとぼんやりしてしまうらしい」

背中《せなか》がひやっとした。それってよけいにこわいかも。

「源《げん》さんは、お酒がおいしくておいしくてぐいぐい飲んでしまった。何を話したのか、そもそも言葉が通じたのかも覚《おぼ》えていないんだけど、とにかく楽しい気持ちになった。おなかがよじれるほど笑《わら》ったって。

さんざん飲んで眠《ねむ》って起きると、また酒をすすめられる。源《げん》さんは帰らなきゃなあって思うんだけど、どういうわけか断《ことわ》れない。それで三日三晩《みっかみばん》、何も食べずに飲み続《つづ》けた」

「それ……、あぶないよ」

突然《とつぜん》、バオーッと音がして家がぼわっと浮《う》いた。

「ひゃあ!!」

心臓《しんぞう》が飛《と》び出しそうって、このことだ。

「い、今、家が、家が浮《う》いたよね?」

「大丈夫《だいじょうぶ》」

父《とう》さんがあたしの肩《かた》をきゅっとだいてくれたけれど、胸《むね》のドキドキは止まらない。

壁《かべ》がミシミシと音をたてる。

大きな妖怪《ようかい》が家をゆすっているみたい。本当に家ごと飛《と》んでいってしまいそうだ。

「今がピークだ。これがすぎれば静《しず》かになる」

あたしは、さっき、台風も楽しいなんて言ったことを後悔《こうかい》した。神様ごめんなさい。楽しくありません。どうかどうか無事《ぶじ》でありますように。

「ある朝、源《げん》さんは目がさめてあたりを見まわした。ヒィーヌムンはいなかった」

父《とう》さんの話は続いていた。

「このままでは死んでしまう。源《げん》さんは必死《ひっし》で逃《に》げ出した。山は車で三十分かかる。そこを走って走って帰ってきたんだ」

風の音は、さっきより少しだけ小さくなった。

「よかった」

源《げん》さんが帰れたのもよかったけど、風が弱まったのもよかった。

「二回目は、半年後。また源《げん》さんがいなくなって、ツルさんがすぐに探《さが》しに行った。一回目の時にヒィーヌムンと飲んだ木の場所を教えてもらっていたからすぐに見つかった。

源《げん》さんは、木の下で眠《ねむ》っていたって。ツルさんは、ぴょんととびあがってささっと逃《に》げていく奇妙《きみょう》な動物を見た。ヒィーヌムンかもしれない。毛むくじゃらでサルに似《に》ていたって。木のあたりには酒瓶《さかびん》もコップもないのに酒のにおいがぷんぷんしていたらしい。

そのまた半年後にも同じことが起こった。そして……」

あたしは、息を止めた。妖怪《ようかい》の中には、人の魂《たましい》をもっていったり、人を喰《く》ってしまったりするものもいるって本に書いてあった。

「源《げん》さんは……」

父《とう》さんは、そこでいったん言葉をとめた。この先を言おうかどうかまよっているみたい。あーもう、やな感じ。源《げん》さん、どうなったの？

突然《とつぜん》、光が目をついた。

「わ！」

あたしはまたまたびっくり。

「結構《けっこう》すごい風だったねえ」

母《かあ》さんの声。光は、母《かあ》さんのもっている懐中電灯《かいちゅうでんとう》だ。

「あれ、もうお菓子《かし》食べたの？　しかもビールも」

母《かあ》さんは、ランタンをつけた。

「コーヒー飲むでしょ？」

「おう」

母《かあ》さんは、暗い台所でコーヒーをいれてきた。いい香《かお》り。苦くて飲めないけど、香《かお》りはすきだ。

「これ飲んだら、朝ごはんにするからね」

「うん」

母《かあ》さんが起きてきたら、きゅうにいつもとおんなじ雰囲気《ふんいき》になった。

「台風、もうすぎたかな」

「もうちょっとだな」

「停電《ていでん》がこまるよねえ」

「明るくなったら、発電機《はつでんき》まわすよ」

「冷蔵庫《れいぞうこ》とテレビさえ使えればね」

母《かあ》さんがテーブルの上のトランプを手にとった。

「トランプやってたの？」

「あ……」

そうだ、源《げん》さんだ。源《げん》さんは、どうなったんだろう。

「お話きいてた。ね、父《とう》さん。それで源《げん》さんはどうなったの？」

「どこまで話したっけ？」

「三回目にさらわれたところまで」

「そうだった。三回目はひどかった。夜明け前に源《げん》さんを見つけたんだけど、その時はねていたんじゃなくて倒《たお》れていた。これまでより強いお酒で、すぐに酔《よ》いがまわっちゃったらしい。そのあとの一週間、頭がわれるように痛《いた》くて気持ちが悪くて、なんにも食べられなくて、やっぱりげっそりやせてしまった。

源《げん》さんはすっかりこりて、お酒をやめることにした。残《のこ》っていた焼酎《しょうちゅう》をガジュマルの根元にすてて、『もう飲まないからさそうなよ』ってさけんだ。それきりさらわれることはなくなった」

あたしは、ほっと息をついた。源《げん》さんが無事《ぶじ》でよかった。だけど。

「ヒィーヌムンは、何をしたかったのかな」

「さあな。妖怪《ようかい》のやることはわからん」

「飲み友だちがほしかったんじゃない？」

と母《かあ》さんが言った。母《かあ》さんは、どこまでものんきだ。源《げん》さんは、あぶなかったんだよ？

ドワーとまた風がふいた。母《かあ》さんが「わ！」と声をあげる。

「妖怪《ようかい》なんかより台風のほうがこわいよ。早く行ってくれないかなあ」

母《かあ》さんは、ぶつぶつ言いながら朝ごはんの準備《じゅんび》をはじめた。

あたしはおふろ場に行って、窓《まど》をあけた。ここの窓《まど》は小さいから雨戸がない。そろそろ夜が明ける。

石垣《いしがき》のむこうに泉《いずみ》さんの家のガジュマルが見える。昔からある大きくてりっぱな木だ。

また、ガオーッと風がうなった。つづけてメリメリッといやな音。

「あっ！」

窓《まど》の外のガジュマルが、ゆっくりとかしいでかしいで、地面に倒《たお》れた。スローモーションのようだったけれど、ガジュマルがギャーと声をあげた気がした。心臓《しんぞう》がぎゅうっと痛《いた》くなる。

その時、びょんとなにかがとんだ。サルみたいな小さいオランウータンみたいな。あれって……。

あたしは、ぎざぎざになった幹《みき》を見つめた。まるで赤い血がながれているようだった。

せっこさん

村上《むらかみ》しいこ

あっ……せっこさんだ。

銀行へ行く前に、わたしは、鏡《かがみ》に映《うつ》った自分の姿《すがた》を見て、十年ぶりくらいにその名前を思い出した。

どうして突然《とつぜん》思い出してしまったのか、理由はわかっていた。

せっこさんと会ったのは、ひいお婆《ばあ》ちゃんの部屋《へや》だった。ひいお婆《ばあ》ちゃんは、叔母《おば》さんと一緒《いっしょ》に暮《く》らしていた。

そのときわたしは小学校四年生で、ひとことでいうとわたしから見たせつこさんは、素敵《すてき》なお姉《ねえ》さんだった。

近所だったこともあって、その部屋《へや》には、よく遊びに行ってた。

学校になじめなかったせいもあったし、かといって、お母《かあ》さんも働《はたら》いていて、一人で一日中家にいるのは怖《こわ》かった。

せつこさんは、日当たりがいいその部屋《へや》に、とてもよく似合《にあ》う人だった。

髪《かみ》は、たぶん子どもの頃《ころ》からずっと変《か》わってないような、まっすぐで黒い髪《かみ》。

紺色《こんいろ》のひざより丈《たけ》が長いスカートと、ブラウスはいつも、クリーニングから戻《もど》ってきたばかりのように白くて清潔《せいけつ》だった。

お化粧《けしょう》はあまりしてなくて、なぜだかわたしは、ちょっぴり残念《ざんねん》な気がしてた。

「せっちゃんは頭がいいから、お勉強をみてもらうといいわ」

ひいお婆《ばあ》ちゃんは、学校へ行きたくないと打ち明けたわたしに、笑《わら》ってそう言った。

ひいお婆《ばあ》ちゃんは、足が弱くて歩くのがおぼつかないだけじゃなく、ものを考えるのも、おっくうになっていた。

ある日、叔母《おば》さんが、ふとわたしに言った。

「陽子《ようこ》ちゃんが、連《つ》れてってくれてるの？」

なんのことだかわからなかったから、わたしは黙《だま》ったまま首をかしげていた。

「ほら、お便所《べんじょ》。お婆《ばあ》ちゃん一人では行けないでしょ。まくらもとにブザーがあるから、困《こま》ったときには呼《よ》んでね」

トイレの心配ならいらない。

「だいじょうぶ。せつこさんがいるから」

わたしはそう答えた。

叔母《おば》さんはちょっと変《へん》な顔をしたけど、すぐに笑《わら》った。

「ああ、陽子《ようこ》ちゃんにも……」

わたしはそれ以上《いじょう》、叔母《おば》さんが言ったことを考えようとはしなかった。

心のどこかで、それは考えてはいけないことだと感じていたのだろう。

ほかにも、考えてはいけないことがいくつかあった。

もしかすると、それは今思うだけで、その頃《ころ》は本当に、何も考えていなかった気もする。

たとえばせつこさんは、いつもわたしより先に来ていた。

わたしよりあとから来たことも、わたしより先に帰ったこともなかった。

まるでその部屋《へや》の空気の中にいつも存在《そんざい》しているかのような……。

それから、ひいお婆《ばあ》ちゃんとせつこさんは、まるで同級生のなかよしみたいに、ため口でしゃべった。

「そうそう、せっちゃんがバスに乗り遅《おく》れて……」

「なに言ってんの。それは、あんたのせいだよ」

それを聞いたとき、わたしはドキッとした。

いくらなかよしでも、ひいお婆《ばあ》ちゃんに「あんたのせいだよ」なんて。

わたしは体がひんやりして、手のひらが汗《あせ》でぬれていた。けんかになって、せつこさんが帰ってしまったらどうしよう。

ところがひいお婆《ばあ》ちゃんも、せつこさんも、とくに変《か》わらず楽しそうに話をつづけた。

わたしはそれでも心配で、ひいお婆《ばあ》ちゃんが怒《おこ》らないのは、きっとわたしにえんりょしてるからだと考えた。

だからしばらくは、ずっとトイレに行くのもがまんした。

けっきょくなにもおこらなかった。

ひいお婆《ばあ》ちゃんには、それくらいのしゃべりかたがいいのかも。

それとも、ひいお婆《ばあ》ちゃんとせつこさんとのあいだには、なにか、特別《とくべつ》な関係《かんけい》があるのかもしれない。

その頃《ころ》のわたしは、よく想像《そうぞう》して楽しんでいた。じつはわたしはどこかの大金持ちの令嬢《れいじょう》で、今はわけあって、一日中文句《もんく》言いながら働《はたら》いているあの人たちに、預《あず》けられているだけ。

だけど、そこから先、どういう〝わけ〟があるのかは、想像力《そうぞうりょく》のとぼしいわたしには想像《そうぞう》できなかった。

ともかく、せつこさんになにかわけがあっても、ぜんぜんかまわなかった。

水仙《すいせん》の香《かお》り。

わたしは、せつこさんのことをそう思っていた。

特別《とくべつ》好《す》きなわけではなく、特別《とくべつ》思い出があるわけでもないけれど、いちばん安心できる香《かお》りだ。

叔母《おば》さんはときどきわたしに聞いた。

「せつこさんは、まだ来てる？」

「うん。わたしが来るときは、たいていいる」

「きっと、さみしいんだね」

叔母《おば》さんはわたしの頭を、あつい手のひらでなでてくれた。

だれがさみしいんだろう。

きっと、きょとんとした目で、わたしは叔母《おば》さんを見上げていたと思う。

だれがさみしいんだろう。

だから、ひいお婆《ばあ》ちゃんの部屋《へや》で聞いてみた。

「ひいお婆《ばあ》ちゃんも、せつこさんも、さみしいことってあるの？」

すると、お婆《ばあ》ちゃんは言った。

「生きてること」

すると、せつこさんは言った。

「死んでること」

そして二人は顔を見合わせ、最後《さいご》のジグソーパズルのピースをはめる瞬間《しゅんかん》みたいに、にっこり笑《わら》った。

「なになに、ずるい。二人だけ」

わたしは反発したけど、相手にしてもらえなかった。

「あなたはいいの、まだ知らなくて」

せつこさんはわたしの鼻の頭をツンと、人さし指でついた。


せつこさんが銀行で働《はたら》いていると知ったのは、いつだっただろうか。

ストーブの上で、やかんがシューシュー音をたてていたから、たぶん冬だ。

わたしは計算ドリルの問題を解《と》いていた。

かけ算や割《わ》り算を、部屋《へや》のすみで、うんうんうなりながら解《と》いていた。

「みかん、食べる？」

籐《とう》いすに座《すわ》るひいお婆《ばあ》ちゃんのそばをはなれる、せつこさんの気配がした。

顔を上げると、せつこさんは、ストーブの上で焼《や》いたみかんを持っていた。

わたしはみかんを焼《や》いて食べたことがなかったから、おどろいた。

思わず、「火傷《やけど》しない？」って聞いた。

「火傷《やけど》するくらいなら、熱《あつ》くて手で持てないわよ」

せつこさんは、涙《なみだ》をこぼしながら笑《わら》った。

もしここが教室なら、はずかしさでわたしは、すごすごと後ろのドアから退室《たいしつ》していただろう。でもそのときの居心地《いごこち》のよさは、今も覚《おぼ》えている。

はずかしいけどうれしい。そんな感情《かんじょう》が、わたしの中で芽生《めば》えた。

「そうですよね」

わたしがすなおにみとめると、せつこさんはみかんを机《つくえ》に置《お》き、わたしの熱《あつ》くなったほほを両手で包《つつ》んでくれた。

皮をむくと、みかんからすっきりしたいい匂《にお》いが部屋中《へやじゅう》に広がった。部屋《へや》にいたみんなが、同じ匂《にお》いにそまった。

食べたみかんは、甘《あま》さも酸《す》っぱさもどこかふかくて、こくて、小学校四年生のわたしは、「みかんの親分みたいだね」、そう言って、またせつこさんを笑《わら》わせた。

ぬれたふきんで手をふいて、せつこさんは、わたしのドリルをのぞきこんだ。

「お勉強は、進みましたか？」

相手がちがう人だったら、たぶん体全部を使ってかくしたりしたけど、わたしはせつこさんにかくす理由は何もない気がした。

せつこさんの、大きなきれいな目が上から下へ動く。

「うーん。けっこう、まちがってる」

あまりにさらっと言われて、むくむくと反抗心《はんこうしん》がわきおこった。

「そんなことないもん」

「あります」

せつこさんは、キッパリ大人《おとな》の目になると、長くて白い指を、計算式の上にそえた。

「156×79＝12324　232×357＝82824　1943÷29＝67」

せつこさんは指をすべらせながら、まちがいを指摘《してき》する。

「えっ、ちょっと待って」

わたしはいそいでドリルの後ろについている答えをめくり、首を曲げてのぞきこんだ。

「あってる。すごい」

わたしは、筆算でいっしょうけんめい計算したのに。そしてまちがえたのに。せつこさんはすらすらと暗算でやってしまった。

「えへっ、銀行員だからね」

せつこさんは、指さきで、鼻の頭をこすった。

ひいお婆《ばあ》ちゃんが死んじゃったのは、春がもたもたしていたせいだと、わたしは今も思っている。

四月だというのに、あの日も雪がふっていた。

そう、おそうしきのとき。

雪がふっていたことぐらいしか、わたしはおぼえてなくて、ただ、せつこさんはいつ来るのだろう、せつこさんはいつ来るのだろうと、おとずれる人の顔ばかり見ていた。

ひいお婆《ばあ》ちゃんとの、最後《さいご》のお別《わか》れのとき、わたしは白い花を一本、ひいお婆《ばあ》ちゃんの柩《ひつぎ》に入れた。

そのときだ。

お婆《ばあ》ちゃんの顔のそばに、一枚《まい》の写真があった。

「せつこさん……」

わたしはつぶやいていた。まぎれもなくせつこさんの写真だ。

でも、どうしてと、あわいぎもんが、ドアの向こうのなごり雪みたいに、落ちては消えた。

「せつこさんの写真」

わたしは、そのことばかり考えていた。でも、みんないそがしそうだし、だれに聞いていいかわからなかった。


しばらく日がたってから、わたしはひいお婆《ばあ》ちゃんの部屋《へや》へ行ってみた。

まどから日の光がさしこんでいるのに、部屋《へや》がからっぽで、心の中が寒くなった。

本当のからっぽ。

人は死んじゃうと、本当のからっぽになるのだと思った。

わたしいかいない部屋《へや》は、どこに座《すわ》ればいいかもわからない。

立ったままでいると、叔母《おば》さんが、すっと部屋《へや》に入ってきた。

「どう……」

叔母《おば》さんはわたしのようすを見て、何か言わなきゃいけないと思ったのだろう。

わたしも、何か言わなきゃいけないと思った。

「せつこさん、来なかった」

そうつぶやいた。

「せつこさんは、お婆《ばあ》ちゃんと旅立ったと思うよ」

それはいいことなんだと、叔母《おば》さんの声に感じた。

わたしも、うすうす感じていたことだけど、叔母《おば》さんは、ようやくそのときがきたと思ったんだろう。話しはじめた。

せつこさんは、ひいお婆《ばあ》ちゃんの同級生だった。

「じゃあ、せつこさんは、幽霊《ゆうれい》？」

「まあ、そういうことになるかね」

叔母《おば》さんは、答えてのんきそうに笑《わら》った。

せつこさんとひいお婆《ばあ》ちゃんは、幼《おさな》なじみで、高校まで一緒《いっしょ》だった。

高校を卒業《そつぎょう》して、ひいお婆《ばあ》ちゃんは学校の先生になるため、大学へ行った。

せつこさんは、就職《しゅうしょく》して銀行員になった。

そうこうしているうちに戦争《せんそう》があって、ひいお婆《ばあ》ちゃんは田舎《いなか》へ疎開《そかい》したけど、せつこさんは銀行の仕事をほうりだすわけにはいかなかった。

そして大空襲《だいくうしゅう》。

せつこさんは、ここならだいじょうぶだと言われ、銀行の金庫の中へかくれた。たくさんの爆弾《ばくだん》が空からふりおち、せつこさんは、金庫の中でほかの行員たちと立ったまま死んだ。

暗かっただろうな。

つらかっただろうな。

熱《あつ》かっただろうな。

苦しかっただろうな。

ひいお婆《ばあ》ちゃんが呼《よ》んだのか、せつこさんが会いに来たのか、それはわからなかった。

叔母《おば》さんも、ときどきせつこさんに会ったという。

その話を聞いたとき、わたしはたまらなくせつこさんが恋《こい》しくなった。

そしてわたしは、銀行員になろうと決めた。

きょう、わたしは銀行へ行く前に、鏡《かがみ》に映《うつ》った自分の姿《すがた》を見て、ひさしぶりにせつこさんを思い出した。

理由はわかっている。

きょう、銀行で新しい金庫のお披露目《ひろめ》式がある。

その金庫は、シェルターつきの金庫だという。どんなミサイルが飛《と》んできても、こわれないそうだ。

わたしはふと、ストーブを見た。

きょう、もし生きて会社から帰れるとしたら、わたしはみかんを買って帰ろう。

そしてストーブの上で焼《や》いて、あの日の匂《にお》いでこの部屋《へや》を満《み》たそう。

サイレントコール

倉橋燿子《くらはしようこ》

ピピピ、ピピピ、ピピピ……。

耳元でスマホが鳴っている。私《わたし》は寝《ね》ぼけたまま、スマホの画面をスワイプしてアラームを止めた。

眠《ねむ》い。閉《と》じたまぶたが、のりでくっついたように開かない。アラームも負けてはいない。何度も何度もくり返し、けたたましい音を鳴らし続《つづ》ける。がまん比《くら》べがしばらく続《つづ》いた後、ようやく目が覚《さ》めた。壁《かべ》かけ時《ど》計《けい》の針《はり》は、十二時二十分を指している。

「ヤバイ！」

飛《と》び起きて、急いで着がえる。鏡《かがみ》で全身をくまなくチェックして部屋《へや》を出た。

東京《とうきょう》で一人暮《ぐ》らしを始めてもう三カ月になるけど、どうにも寝坊癖《ねぼうぐせ》が抜《ぬ》けなくて、午前中の授業《じゅぎょう》は遅刻《ちこく》しまくっている。


大学に着き、カフェテラス風の学生食堂《しょくどう》にかけこむと、窓際《まどぎわ》のテーブル席《せき》にいる彩子《あやこ》と香織《かおり》が手まねきした。椅子《いす》に座《すわ》ってホッと息をつくと、彩子《あやこ》が顔をよせてきた。

「ほら、真壁先輩《まかべせんぱい》、あそこにいるよっ」

彩子《あやこ》が指さした先の席《せき》には、笑顔《えがお》が素敵《すてき》な真壁先輩《まかべせんぱい》が座《すわ》っていた。彩子《あやこ》と私《わたし》は同じサークルに入って、真壁先輩《まかべせんぱい》の大ファンになった。

「先輩《せんぱい》、ほんとカッコイイよね～」

彩子《あやこ》と私《わたし》はため息まじりに、うっとりする。

「そうかしら」

香織《かおり》はあきれたように言い、紅茶《こうちゃ》のカップに口をつけて、ゆっくり一口飲む。

「そんなことより、美香《みか》は遅刻《ちこく》が続《つづ》きすぎよ。イギリスだったら、とっくに留年《りゅうねん》決定よ」

「えっ。イギリスの大学って厳《きび》しい〜！」

「また〜、美香《みか》ったら脳天気《のうてんき》なんだから！」

香織《かおり》は再《ふたた》び紅茶《こうちゃ》のカップにゆっくりと口をつけた。香織《かおり》はお父《とう》さんの仕事でイギリスに住んでいたことがあり、外国のことに詳《くわ》しい。

真壁《まかべ》先輩《せんぱい》が席《せき》を立った。先輩《せんぱい》とは今のところサークル以外《いがい》での接点《せってん》はない。でも、実は、新入生歓迎会《かんげいかい》で、こっそり連絡先《れんらくさき》を教えてもらった。たまたま先輩《せんぱい》が隣《となり》に座《すわ》った際《さい》、酔《よ》っ払《ぱら》っていた先輩《せんぱい》に頼《たの》んだら、あっさりと教えてくれたのだ。だけど結果《けっか》として抜《ぬ》け駆《が》けしたようなものだから、彩子《あやこ》には言えないでいる。先輩《せんぱい》にはまだ連絡《れんらく》していないけど……。

ふとスマホを見ると、着信履歴《ちゃくしんりれき》に『５』のアイコンが付《つ》いていた。

「彩子《あやこ》も香織《かおり》も電話くれた？」

「え？　今日《きょう》はしてないよ」

着信履歴《ちゃくしんりれき》を開くと、非通知設定《ひつうちせってい》の着信《ちゃくしん》が五件《けん》入っていた。思わず彩子《あやこ》と香織《かおり》に、スマホの画面を向ける。

「いたずら電話とか？」

香織《かおり》が首をかしげた。彩子《あやこ》の目が輝《かがや》く。

「あ、わかった、あれだよー。ワン切り詐欺《さぎ》！」

「えっ、そうなのかなあ」

不安《ふあん》そうな私《わたし》を励《はげ》ますように彩子《あやこ》は言った。

「どっちにしても気にすることないって！」


深夜。ビー、ビー、ビー。耳元でスマホが鳴っている。電話……？

「はい、もしもし」

『……』

「もしもし？」

『……ツーツーツー』

スマホの時計《とけい》は三時。着信履歴《ちゃくしんりれき》には『非通知設定《ひつうちせってい》』の文字が光っていた。しかも五件《けん》。

パッチリ目が冴《さ》えてしまった。そうだ、昨日《きのう》の着信《ちゃくしん》も深夜だった。なんか気味が悪い。昼間、彩子《あやこ》や香織《かおり》と話していたときはそうでもなかったのに、今になって心がざわざわと落ち着かなくなってきた。

ベッドから出ると、冷蔵庫《れいぞうこ》から牛乳《ぎゅうにゅう》を出して、お気に入りのカフェオレボウルに注ぐ。これは、パパがパリに出張《しゅっちょう》に行ったときのお土産《みやげ》。お茶碗《ちゃわん》みたいな形だけど、パリの人たちはこのボウルでカフェオレを飲む。

牛乳《ぎゅうにゅう》を温めている間に、もう一度着信履歴《ちゃくしんりれき》を開く。昨日《きのう》の着信《ちゃくしん》はそれぞれ『二時、二時十五分、二時三十分、二時四十五分、三時』ぴったりに来ている。画面を上にスクロールする。思わず画面から指が離《はな》れた。

今日《きょう》の五回の着信《ちゃくしん》時間も昨日《きのう》とまったく同じで、きっちり十五分おきだ。これはもう決定打に思われた。偶然《ぐうぜん》かかってきた電話じゃない。何かの、誰《だれ》かの、意思を感じる。

急に部屋《へや》の静《しず》けさがのしかかってくるような気がした。少しだけ開いていたカーテンをきっちりと閉《し》める。しんとした部屋《へや》で自分の心臓《しんぞう》の音がやたら大きく聞こえた。何か音が欲《ほ》しかったけれど、流し台の前の小さな椅子《いす》の上で体育座《ずわ》りをしたまま動けずに、外が明るくなるのを待った。


翌日《よくじつ》の夜は彩子《あやこ》と香織《かおり》との女子会だった。場所はいつもの居酒屋《いざかや》。私《わたし》が早速《さっそく》、昨日《きのう》も電話があったことを話すと、二人はチラッと目を見合わせた。

「偶然《ぐうぜん》だって。美香《みか》、気にしすぎ〜」

彩子《あやこ》がやたらと明るく言って、グラスをあおった。

「でも、ぴったり同じ時間に電話だよ？　ちょっと、不気味《ぶきみ》じゃない？」

「きっと詐欺《さぎ》の会社が自動でかけられるように、プログラミングしてるんだよ。それなら時間に正確《せいかく》でも不思議《ふしぎ》じゃないでしょ？」

香織《かおり》が断《た》ち切《き》るように言った。ちょっと、しつこかったかな。そう思ったけれど、私《わたし》の必死《ひっし》さのほうが上回った。

「私《わたし》、人を怒《おこ》らせるようなこと、したかな？」

彩子《あやこ》と香織《かおり》がまたチラッと目を見合わせた。まるでゆずり合うみたいな間があって、香織《かおり》が口を開く。

「思い当たらないんなら堂々《どうどう》としてれば？」

彩子《あやこ》は軽くうなずき、グラスをあおった。中にはもう氷しか残《のこ》っていなくて、カランと音を立ててグラスの中を滑《すべ》った。彩子《あやこ》の目が、冷《ひ》え切っているように見える。

「ちょっと、トイレ行ってくるね」

立ち上がると、ポケットの中のスマホが今日《きょう》はずっしりと重く感じられる。再《ふたた》び席《せき》にもどる途中《とちゅう》で、香織《かおり》の声が聞こえてきた。

「で、美香《みか》には言うの？」

私《わたし》の体が固《かた》まった。ドンッとグラスを置《お》く音に、彩子《あやこ》の声が続《つづ》く。

「別《べつ》に……」

「そうだよねえ。美香《みか》だって悪気があったわけじゃないだろうし」

香織《かおり》が言うと、彩子《あやこ》が力なく笑《わら》う。

「何か言ったところで、必死《ひっし》に謝《あやま》られて、それで終わりになるに決まってるしね」

「美香《みか》って、すぐ謝《あやま》っちゃうからな。ケンカにもなんないよね」

「でも、それはそれで腹《はら》が立つよ。先輩《せんぱい》から連絡先《れんらくさき》を聞き出しても、私《わたし》には秘密《ひみつ》でさ。無邪気面《むじゃきづら》して、本当は陰湿《いんしつ》なのかも。自分が誰《だれ》かに嫌《いや》な思いをさせたなんて想像《そうぞう》もしていないと思う。そういうところが、ほんとイヤ」

「だったら、彩子《あやこ》も先輩《せんぱい》に告白《こくはく》すれば？」

「それとこれとは話が別《べつ》よ。ま、しばらく、美香《みか》とは距離《きょり》をおこうかな」

彩子《あやこ》の声に、隣《となり》のテーブルからの大きな笑《わら》い声《ごえ》がかぶさった。足が、冷《つめ》たい。

彩子《あやこ》は知ったんだ。私《わたし》がこっそり先輩《せんぱい》の連絡先《れんらくさき》を聞いちゃったこと……。

「まさか深夜の無言《むごん》電話って、彩子《あやこ》なの？」

香織《かおり》の言葉に、ざわりと心臓《しんぞう》が動いた。

「ちがうって。私《わたし》、そんなことしない。まさか、香織《かおり》、疑《うたが》ってたの～？」

彩子《あやこ》の笑《わら》い声《ごえ》が響《ひび》いた。戻《もど》るなら、今かもしれない。足を踏《ふ》み出したとたん、彩子《あやこ》の笑《わら》い声《ごえ》がぴたりとやんだ。

「でも、美香《みか》のああいう調子の良《よ》さにむかついてる子、案外《あんがい》多いんじゃない？」

足元から冷気《れいき》が這《は》い上がってきた。

その日の夜。部屋《へや》の電気を全《すべ》て点《つ》けて、ベッドの上で膝《ひざ》を抱《かか》える。スマホを手にとった。あの電話は誰《だれ》かのイタズラ。きっともうかかってこない。壁《かべ》かけ時計《どけい》の秒針《びょうしん》の音が、やたらと大きく響《ひび》いた。

ビー、ビー、ビー！　二時ぴったりに、着信音《ちゃくしんおん》が鳴った。

「来た……」

スマホに手をのばす。画面には、『非通知設定《ひつうちせってい》』の文字が浮《う》かんでいた。手が震《ふる》える。追いつめられたように、画面をスワイプした。

「も、もしもし？」

耳をすませても、まったくの無音《むおん》だ。

「あの、どなたですか……？」

切れた。走ったあとみたいに、息が苦しい。

ビー、ビー、ビー！

「ひっ……！」

スマホを落としてしまった。二時十五分。『非通知設定《ひつうちせってい》』の表示《ひょうじ》……。


それから数日間。決まった時刻《じこく》に、電話は鳴り続《つづ》けた。一分の狂《くる》いもない。

着信音《ちゃくしんおん》が鳴るたびに、両手で強く耳をふさいだ。無視《むし》したいのに、頭の中は電話のことで一杯《いっぱい》で、それ以外《いがい》のことが考えられなくなった。

大学でも、彩子《あやこ》と香織《かおり》を避《さ》けるようになった。一人でいると、誰《だれ》かが見ているように感じて、ふり返らずにはいられない。

挨拶《あいさつ》をしあう友達《ともだち》が、すれちがう先生が、隣《となり》の席《せき》に座《すわ》っている人が、電話の主かもしれない。もしかしたらバイト先の人？　あるいは、同じアパートの人かも……。

私《わたし》に対する底知《そこし》れない怒《いか》りを溜《た》め込《こ》んで、夜を待って電話をかけているのかもしれない。

部屋《へや》の外に出るのが耐《た》えられなくなり、家にこもるようになった。スマホの電源《でんげん》を落とすこともできず、けれど画面は見ることができず、マナーモードにして部屋《へや》の隅《すみ》に置《お》いている。だけど何をしていても、ふと視界《しかい》の中に入ってくる。スマホを通して、誰《だれ》かが自分を見ているような気がする。

ベッドにもぐりこんで布団《ふとん》を頭からかぶった。夜が来るのが怖《こわ》かった。絶対《ぜったい》またかかってくる。いっそのことスマホの電源《でんげん》を落としてしまおうか。でも電波が繋《つな》がらないことが相手に分かったら……。

私《わたし》が一体何をしたっていうの？　できるだけ人に迷惑《めいわく》をかけたり、傷《きず》つけないように生きてきたつもりだ。でも私《わたし》のせいで傷《きず》ついた人がいるのかもしれない。気づいていなかっただけで、私《わたし》は人を傷《きず》つけていた。その証拠《しょうこ》がこの電話の主だ。

布団《ふとん》の中で膝《ひざ》を抱《かか》える腕《うで》に力を入れる。

ごめんなさい。もう許《ゆる》してください……。

それからは、一日のほとんどをベッドで過《す》ごすようになった。今や布団《ふとん》の中の小さな空間だけが、私《わたし》の存在《そんざい》が許《ゆる》されるスペースのような気がした。それでも、スマホを手元から離《はな》すことができない……。

玄関《げんかん》のチャイムが鳴った。思わず布団《ふとん》の中にもぐりこむ。

「美香《みか》？　いないの？」

その声は香織《かおり》だ！

布団《ふとん》をはねのけて、足がもつれそうになりながら、突進《とっしん》するように玄関《げんかん》の戸を開けた。

「びっくりしたぁ……。ちょっと美香《みか》、大丈夫《だいじょうぶ》なの？」

「香織《かおり》……」

ドッと涙《なみだ》が流れた。友達《ともだち》の顔を見るだけで、こんなにホッとするなんて思わなかった。

何か言いたいけれど、言葉にならない。

「上がらせてもらっていい？」

香織《かおり》の言葉に私《わたし》はうなずいて、香織《かおり》を中に入れる。そして、すぐに鍵《かぎ》を閉《し》めた。部《へ》屋《や》に入るなり、香織《かおり》は顔をしかめる。

「ちょっと、ひどい空気。窓《まど》開けるね」

「開けないでっ!」

閉《し》めっぱなしのカーテンに向かってのびていた香織《かおり》の手が止まった。

「もう、大声出さないでよ。分かったから」

私達《わたしたち》は小さなテーブルで向かい合った。正面にいる香織《かおり》の存在《そんざい》が、心底《しんそこ》ありがたい。

「何かあったの？　心配したんだよ」

「ごめんね……」

香織《かおり》に、深夜の着信《ちゃくしん》が続《つづ》いていること、怖《こわ》くて外に出られなくなってしまっていることを伝《つた》えた。

「大変《たいへん》だったんだね……。ごめん、ちゃんと話を聞いてあげてればよかった……」

「ううん。こうやって、心配して家にまで来てくれて……。ほんと、ありがとう」

「いいって。なんか、真壁先輩《まかべせんぱい》も気にしてたみたいだよ」

「えっ。先輩《せんぱい》が？」

「うん。サークルにも顔を出さないからどうしたのかって、彩子《あやこ》が聞かれたんだって」

ふと脳裏《のうり》に、居酒屋《いざかや》での彩子《あやこ》の声がよみがえった。

『自分が誰《だれ》かに嫌《いや》な思いをさせたなんて想像《そうぞう》もしていないと思う。そういうところが、ほんとイヤ』

まさか……。でも、もしかして……。

「彩子《あやこ》が……？」

つぶやいてしまってから、すぐに口をおさえた。けれど、香織《かおり》には聞こえたらしい。

「彩子《あやこ》が、そんなことすると思う？」

「そうだよね」

自分で自分の頰《ほお》をたたいて、その考えをふりはらおうとした。そうだ、前にここに彩子《あやこ》と香織《かおり》を呼《よ》んで、ごはん会をしたっけ。一人暮《ぐ》らしの家に友達《ともだち》が来るというのでワクワクして、張《は》りきって準備《じゅんび》もした。

私《わたし》が塩《しお》と砂糖《さとう》を間違《まちが》えた料理《りょうり》を出して、その味のまずさに、みんなで爆笑《ばくしょう》したり。

私《わたし》のカフェオレボウルに、香織《かおり》がごはんを盛《も》ったものだから、「香織《かおり》ってば、カフェオレボウルも知らないの〜？　イギリス暮《ぐ》らしだったのに〜」なんて、からかったり。

ここ数日間は、この部屋《へや》でさえ怖《こわ》くてしかたがなかったけれど、楽しいことを思い出していたら、少しだけ肩《かた》の力が抜《ぬ》けてきた。

香織《かおり》は、立ち上がってキッチンに向かった。

「美香《みか》、ぜんぜん食べてないんじゃない？」

「うん、食欲《しょくよく》なくて……」

「じゃあ、温かいものでも飲みなよ」

香織《かおり》は冷蔵庫《れいぞうこ》を開けた。ありがたい気持ちで一杯《いっぱい》で、私《わたし》は香織《かおり》の背中《せなか》を見つめる。

次に香織《かおり》は食器棚《しょっきだな》を開けた。

「そういえば、ここで、ごはん会したよね」

「あ、私《わたし》も、今、思い出してたの！」

「ふ――――ん」

バタンッ、と音を立てて、食器棚《しょっきだな》の扉《とびら》が閉《し》まった。

香織《かおり》は、ゆっくりと振《ふ》りかえる。

「あのときは、カフェオレボウルのこと、教えてくれて、ありがとう」

見たことのない、満面《まんめん》の笑顔《えがお》だった。

「あ……」

言葉が出ない。

今夜もまた、きっと、電話がかかってくる……。

秘密《ひみつ》だよ

廣嶋玲子《ひろしまれいこ》

小学校二年生の渚《なぎさ》にとって、夏の一番の楽しみは、なんといってもプールだ。肌《はだ》がひりひりするような日差《ひざ》しの中、どぶんと、プールに飛《と》び込《こ》むと、最高《さいこう》の気分がする。全身が水に包《つつ》まれ、髪《かみ》の根元にまで水がしみわたってくるのがたまらない。

最近《さいきん》は、夕方近くの時間帯《じかんたい》に行くようにしていた。その時間だと、あまり混《こ》んでいないし、クラスメートとも出くわさないからだ。

渚《なぎさ》は、プールは一人で行きたい派《は》だった。友達《ともだち》と一緒《いっしょ》だと、なんとなく楽しめない。渚《なぎさ》は泳いだり、はしゃいだりしたいわけではない。とにかく水の中にいるのが好《す》きで、水に潜《もぐ》っていたいのだ。

プールのはしっこのほうで、潜《もぐ》っては顔をだし、顔をだしてはまた潜《もぐ》る。変《へん》な子だと思われていたかもしれない、だれにも何も言われず、渚《なぎさ》は楽しい時間を満喫《まんきつ》していた。

だが、ある日、ふいに声をかけられた。

「ずいぶん長く潜《もぐ》ってられるんだね」

ふりむくと、年上の男の子がいた。たぶん、中学生ぐらいだろうか。渚《なぎさ》には、ずいぶん大人《おとな》っぽく、大きく見えた。渚《なぎさ》と同じように真っ黒に日焼《ひや》けしていて、ほっそりとした顔に、細い目がけっこうかっこいい。左の眉毛《まゆげ》の上に、大きなほくろがある。

お兄《にい》さんはにこっと笑《わら》った。

「すごいよ。女の子で、あんなに長く潜《もぐ》れるなんて。めったにいないよ。だれかに潜《もぐ》り方を教わったの？」

「ううん。自分で覚《おぼ》えた」

「それって、超《ちょう》すごいよ。天才だね」

おだてられ、渚《なぎさ》は顔が赤くなった。

お兄《にい》さんはぺらぺらと言葉を続《つづ》けた。

「ところでさ、あぶくが水面《すいめん》にあがっていくのを見たことある？　プールの底《そこ》に横になって、上を見るんだ。きれいだよ。ぼくがこれからやってみせるからさ、君もよかったらやってごらんよ」

「うん」

息を合わせ、二人同時に水に潜《もぐ》った。お兄《にい》さんは鼻をつまんで、プールの底《そこ》に横になり、仰向《あおむ》けになってみせた。渚《なぎさ》も同じようにした。

驚《おどろ》いた。自分達《たち》からもれる空気が、しゃぼん玉のようなあぶくとなり、きらきらと光りながら水面《すいめん》へとあがっていく。なんだかとても不思議《ふしぎ》なものを見ているような気がして、渚《なぎさ》は夢中《むちゅう》になってしまった。

もっともっと見たい。

そのあとはずっとあぶくを見る遊びをした。お兄《にい》さんは笑《わら》いながらそばにいて、渚《なぎさ》よりも大きな泡《あわ》を吐《は》き出したりして、渚《なぎさ》を楽しませてくれた。

渚《なぎさ》が「そろそろ帰る」と言うと、「じゃ、ぼくも帰ろうっと」と、一緒《いっしょ》にプールを出た。渚《なぎさ》がプール近くの駄菓子屋《だがしや》によると、お兄《にい》さんもあとから入ってきて、渚《なぎさ》に小さなアイスを買ってくれた。

「明日《あした》もプール来る？」

「うん。四時半ぐらいに」

「へえ、ぼくも同じ時間に行こうと思ってたんだ。それじゃ、また会えるね。明日《あした》、また遊ぼうよ。いい？」

「うん」

約束《やくそく》して、渚《なぎさ》はお兄《にい》さんと別《わか》れた。

翌日《よくじつ》、プールに行くと、もうあのお兄《にい》さんがいて、渚《なぎさ》に手を振《ふ》ってきた。

その日も、二人で一緒《いっしょ》に遊んで、帰る時にはお兄《にい》さんがお菓子《かし》を買ってくれた。

数日もすると、渚《なぎさ》はすっかりお兄《にい》さんに懐《なつ》いてしまった。

従兄《いとこ》のお兄《にい》ちゃん達《たち》など、小学校高学年になった時から、渚《なぎさ》にそっけなくなって、かまってくれなくなったのに。このお兄《にい》さんは、年下の自分の話をちゃんと聞いてくれるし、優《やさ》しくしてくれる。それが嬉《うれ》しかった。渚《なぎさ》を相手に、ひっきりなしに色々なことをしゃべってきた。

それにお兄《にい》さんはおしゃべりだった。

クラスでは勉強が一番できること。大きな家に住んでいて、自分の部屋《へや》に専用《せんよう》のテレビがあること。お父《とう》さんが有名な水泳選手《せんしゅ》で、お母《かあ》さんは元モデルで、すごく料理《りょうり》上手《じょうず》で優《やさ》しいということ。去年は世界一周《いっしゅう》旅行に行って、サバンナでライオンの写真を撮《と》ったこと。

お兄《にい》さんの話はどれもこれもすごくて、渚《なぎさ》は素直《すなお》に感心してしまった。

そんな渚《なぎさ》に、お兄《にい》さんはいいことを教えてあげると言った。

「じつはさ、この前、鹿山《かやま》にハイキングに行ったんだ。鹿山《かやま》って知ってるよね？　バスに乗れば、ここから三十分くらいで行ける山さ。その山の中で、すごいものを見つけちゃったんだ。化石だよ」

「化石？　アンモナイトとか？」

「そう。アンモナイトとか恐竜《きょうりゅう》の牙《きば》とか。とにかく、川辺《かわべ》をちょっと掘《ほ》ったら、ざくざく出てきたんだ。ぼくだけの秘密《ひみつ》にしようかと思ったけど、渚《なぎさ》ちゃんも一緒《いっしょ》に掘《ほ》ってみる？　お宝探《たからさが》ししてみないかい？」

「やるやる！　絶対《ぜったい》やりたい！」

「よし。じゃ、明日《あした》の朝、六時に鹿山《かやま》行きのバス停《てい》で待ち合わせだよ。言っとくけど、だれにも言っちゃだめだからね。いい？　ぼくらだけの秘密《ひみつ》にしたいんだから」

お兄《にい》さんはくどいくらい「秘密《ひみつ》だよ」と、念《ねん》を押《お》してきた。

わかったと、渚《なぎさ》は約束《やくそく》した。化石掘《ほ》りだなんて、考えただけでわくわくした。秘密《ひみつ》というのも、胸《むね》をときめかせる。

だが、渚《なぎさ》はしくじった。次の日の朝、こっそり家を出ようとしたところを、お母《かあ》さんに見つかってしまったのだ。

リュックサックに水筒《すいとう》まで持った渚《なぎさ》に、お母《かあ》さんは秘密《ひみつ》の匂《にお》いを嗅《か》ぎつけたらしい。

「どこへ行くの？　だれと行くの？

厳《きび》しく質問《しつもん》され、渚《なぎさ》はとうとう打ち明けてしまった。

「プールのお兄《にい》さん？　だれそれ？」

「この頃《ごろ》、一緒《いっしょ》に遊んでるの。いいお兄《にい》さんだよ。お父《とう》さんは水泳選手《せんしゅ》で、お母《かあ》さんはモデルだったんだって。お金持ちで、頭がよくて、世界一周《いっしゅう》旅行にも行ったことがあるって言ってた」

「……それ、みんなその男の子が言ったの？」

「そう。でね、今日《きょう》は化石を掘《ほ》りに行くの」

「化石？　そんなもの、どこにあるの？」

「鹿山《かやま》よ。お兄《にい》さんが鹿山《かやま》の川辺《かわべ》で見つけたんだって。今日《きょう》、一緒《いっしょ》に掘《ほ》りに行こうって。ねえ、行っていいでしょ？　アンモナイトと恐竜《きょうりゅう》の牙《きば》があるみたいだから、絶対《ぜったい》ほしいの」

お母《かあ》さんはしばらく考えこんだあと、うなずいた。

「いいわ。そのかわり、待ち合わせ場所まで、私《わたし》が送るから」

「なんで？」

「娘《むすめ》がいつもお世話になっていますって、そのお兄《にい》さんに挨拶《あいさつ》しておきたいのよ」

お母《かあ》さんの顔は笑《わら》っていたけど、なんだか目が怖《こわ》いように、渚《なぎさ》には思えた。

そうして、渚《なぎさ》はお母《かあ》さんと一緒《いっしょ》にバス停《てい》へと向かった。やがて、バス停《てい》が見えてきた。お兄《にい》さんはもうそこにいて、渚《なぎさ》に気づくと、手を振《ふ》ってきた。

「あの子なの？」

「うん。あれがお兄《にい》さん」

「そう」

お母《かあ》さんはうなずくと、ぎゅっと渚《なぎさ》の手を握《にぎ》ってきた。手をつなぐなんて、幼稚園《ようちえん》の時以来《いらい》で、渚《なぎさ》はびっくりしてしまった。

でも、もっと驚《おどろ》くことが起きた。遠目からでも、お兄《にい》さんの顔がこわばるのが見えたのだ。

なにやら慌《あわ》てた様子で、お母《かあ》さんと渚《なぎさ》を見比《みくら》べだすお兄《にい》さん。でも、お母《かあ》さんはかまわず、まるで何かに立ち向かうような勢《いきお》いで、ずんずんお兄《にい》さんに向かっていく。

近づくにつれて、お兄《にい》さんは悔《くや》しそうな青ざめた顔になっていき、そして……。

渚達《なぎさたち》がバス停《てい》に着く前に、さっとこちらに背《せ》を向けて、走り去ってしまったのだ。

渚《なぎさ》はわけがわからなかった。

どうして？　これから化石を掘《ほ》りに行くんじゃなかったの？　バスにも乗らないで、どこ行っちゃったの？　もしかして怒《おこ》った？　秘密《ひみつ》だって約束《やくそく》したのに、あたしがお母《かあ》さんをつれてきちゃったから？　どうしよう！

一方、お母《かあ》さんはほっとしたように息をついた。そして、静《しず》かな声で渚《なぎさ》に言ったのだ。

「渚《なぎさ》、約束《やくそく》してほしいの。もうあの子とは遊ばないで。あの子を見かけたら、すぐに走って逃《に》げるの。とにかく、話しかけられないようにするの。いいわね？」

「な、なんで？」

「……あの子はきっと嘘《うそ》つきだから」

お母《かあ》さんの顔は真剣《しんけん》そのものだった。

「嘘《うそ》つきって、どうしてそう思うの？」

「……渚《なぎさ》はあの子の名前を知ってるの？」

「ううん。前に聞いたけど、お兄《にい》さんって呼《よ》べばいいよって」

「じゃ、教えてもらってないのね。……やっぱり、あの子は嘘《うそ》つきだと思う。自分の名前も言わないのに、両親が有名人で、お金持ちだなんて、そういうことをぺらぺら話す人は信用《しんよう》できないものよ」

「でも……」

「それに、鹿山《かやま》に川なんてないの。あそこは埋《う》め立てでできた、ただのくず山。もちろん、化石なんてないはずよ」

「……どうして、嘘《うそ》ついたのかな？」

泣《な》きそうになる渚《なぎさ》に、わからないと、お母《かあ》さんは言った。

「でも、お母《かあ》さんは嫌《きら》いよ。それに……怖《こわ》いの。女の子に嘘《うそ》をついて、遠くに連《つ》れ出そうとする子が怖《こわ》い。だから、もう絶対《ぜったい》に近づかないでほしいの。お母《かあ》さんの言ってること、わかる？　わかってくれる？」

ひんやりとしたものが、渚《なぎさ》の体の中にしみてきた。

大人《おとな》であるお母《かあ》さんが、「怖《こわ》い」と言うなんて。なんだか、すごくショックだ。

でも、まだお兄《にい》さんのことを信《しん》じたかった。

お兄《にい》さんは、お母《かあ》さんが言うような嘘《うそ》つきじゃない。だって、あんなに優《やさ》しいんだもの。逃《に》げていったのだって、何か理由があったからに違《ちが》いない。

だから次の日、いつもの時間に渚《なぎさ》はプールに行った。今回はお母《かあ》さんもついてきて、プールサイドのベンチに座《すわ》りながら、ずっと周《まわ》りを見回していた。

でも、お兄《にい》さんは現《あらわ》れなかったのだ。

次の日も、そのまた次の日も。

お母《かあ》さんはほっとしたようだけれど、渚《なぎさ》はもやもやとしたものが胸《むね》に残《のこ》った。

どうして、お兄《にい》さんはプールに来ないんだろう？　やっぱり、お母《かあ》さんの言う通り、「怖《こわ》い子」だから？　もう渚《なぎさ》をだませないと思って、来なくなってしまったんだろうか？

そう思うと、どうにもやりきれない気持ちになった。自分は悪い子じゃないよと、胸《むね》を張《は》って、証明《しょうめい》してもらいたかったのに。

そのまま夏は過《す》ぎていき、お兄《にい》さんの記憶《きおく》も少しずつ薄《うす》れ始めた。

だが、秋も終わろうかという時、渚《なぎさ》は偶然《ぐうぜん》、お兄《にい》さんと会ったのだ。

それは本屋でのことだった。その時、渚《なぎさ》は何気なくマンガのコーナーをぶらついていた。すると、本棚《ほんだな》の向こうからこんな話し声が聞こえてきたのだ。

「好《す》きな本を買ってあげるから。どれでも好《す》きなやつを選《えら》びなよ」

「いいの、お兄《にい》さん？」

「もちろんだよ。ただし、ぼくが買ってあげたことは秘密《ひみつ》だから。いいね。秘密《ひみつ》だよ」

聞《き》き覚《おぼ》えのある声に、渚《なぎさ》は思わず、本棚《ほんだな》の向こうへと走りこんだ。

お兄《にい》さんがいた。

渚《なぎさ》を見てぎょっとした顔をするお兄《にい》さんの横には、女の子がいた。せいぜい、幼稚《ようち》園《えん》の年長組くらいだろう。かわいいけれど、お兄《にい》さんとはまったく似《に》ていない。

その子を見た瞬間《しゅんかん》、わかった。この子はお兄《にい》さんの妹じゃない。あたしと同じように、お兄《にい》さんと仲良《なかよ》しになった子なんだ。

渚《なぎさ》はまじまじとお兄《にい》さんを見つめた。言いたいことは山ほどあるのに、言葉がつまって出てこない。

そんな渚《なぎさ》から、お兄《にい》さんは顔を背《そむ》けた。

すると、女の子が渚《なぎさ》を見ながらお兄《にい》さんに聞いたのだ。

「あれ、だれ？　友達《ともだち》？」

「知らないよ、あんな子」

吐《は》き捨《す》てるような声に、渚《なぎさ》は震《ふる》えた。そして理解《りかい》した。もうお兄《にい》さんは、渚《なぎさ》に優《やさ》しくするつもりはないのだ。なぜなら、渚《なぎさ》のかわりを見つけたから。

「お母《かあ》さん！　お母《かあ》さん！」

気づけば、渚《なぎさ》は大声で叫《さけ》んでいた。

お兄《にい》さんの顔が悪魔《あくま》みたいになった。細い目がつりあがって、猛烈《もうれつ》に恐《おそ》ろしい。

でも、お兄《にい》さんは渚《なぎさ》には何もしなかった。かわりに、女の子の手をにぎって、ぐいっと引っ張《ぱ》ったのだ。

「行くよ」

「え？　絵本、買ってくれるんでしょ？」

「あとでね。ほら、おいで。いいところに連《つ》れていってあげるから」

女の子をむりやり引っ張《ぱ》っていきながら、お兄《にい》さんは最後《さいご》に渚《なぎさ》のほうを振《ふ》り向いた。

「邪魔《じゃま》しやがって」

憎々《にくにく》しげな言葉を残《のこ》して、お兄《にい》さんは女の子と本屋を出ていった。

お母《かあ》さんが駆《か》け寄《よ》ってきた時、渚《なぎさ》はその場にへたりこんでしまっていた。

「渚《なぎさ》？　どうしたの？　何があったの？」

「お母《かあ》さん。あ、あのお兄《にい》さんがいた。知らない女の子が一緒《いっしょ》だったの。……その子、お兄《にい》さんに連《つ》れていかれちゃった」

お母《かあ》さんは顔色を変《か》え、まわりの大人《おとな》と慌《あわ》ただしく話しあいを始めた。


その夜、お兄《にい》さんと女の子が見つかった。

お兄《にい》さんは、山の穴《あな》の中に、泣《な》いている女の子を閉《と》じこめようとしていたという。

「どうしてそんなことを？」と理由を聞かれ、こう答えたそうだ。

「小さい子はぼくの話をちゃんと聞いてくれる。嘘《うそ》を言っても、信《しん》じてくれる。だから、秘密《ひみつ》の場所に閉《と》じこめて、ぼくだけのものにしたかった。ぼくだけの秘密《ひみつ》の宝物《たからもの》にしたかったんだ」

そのあと、お兄《にい》さんは遠くの病院につれていかれたという。もう二度と、悪いことをしないよう、大人達《おとなたち》がしっかり見張っているのだとか。「もう安心だからね」とお母《かあ》さんは言ったけれど、それからしばらくの間、渚《なぎさ》は悪夢《あくむ》にうなされた。

夢《ゆめ》では必《かなら》ず、「秘密《ひみつ》だよ」というささやきが聞こえた……。

ぼくが動物を飼《か》わないわけ

濱野《はまの》京子《きょうこ》

ぼくが動物を飼《か》いたくないのには、理由がある。

＊　＊　＊

どきっとして横の席《せき》のミナを見る。今、たしかに視線《しせん》を感じた。けれど、ミナは何事もなかったというふうに前を向いている。気のせいだったようだ。それなのに、不《ふ》安《あん》でならなかった。

今度はミナの声が聞こえた気がした。

――知ってるよ、タツルの秘密《ひみつ》。

じっとミナを見ていると目があった。ミナはにっこり笑《わら》った。

「どしたの？　タツル」

ぼくはそっと息をはく。知ってるはずはない。あのことは、だれも知らないはずだ。

そう、ぼくが、あいつを殺《ころ》したことは。でも、悪いのはあいつだ。あいつのせいだ……。

あいつの名はショコラ。茶色のトイプードルだ。

ショコラは、五年生に進級した時に転校してきた、ハルキの家の飼《か》い犬だ。ぼくが初《はじ》めてショコラを見たのは、五月の連休《れんきゅう》が過《す》ぎたころだった。ハルキの家は、学校のすぐ近くにあった。つまり、ぼくやミナだけでなく、多くの同級生が、登下校の時にハルキの家の前を通る、というわけだ。

ショコラは、下校のころになると、庭でおばあさんに抱《だ》かれて、ハルキの帰りを待っている。ハルキのおばあさんは、ぼくのおばあさんよりは若々《わかわか》しくて、髪《かみ》をピンクにそめたおしゃれな感じの人だ。

テラスの椅子《いす》に座《すわ》っているおばあさんと小犬。なんだか物語のシーンのようだった。

ショコラも、とてもかわいい犬だった。それで、またたく間にクラスの人気者になった。

ぼくはハルキがうらやましかった。だって、ずっと犬か猫《ねこ》を飼《か》いたいと思っていたから。でも、母《かあ》さんや父《とう》さんに、いくらねだっても、「だめ」と言われた。

ぼくの両親は、ふたりともいそがしく働《はたら》いているので、動物の世話をする余裕《よゆう》なんてない、と言うのだ。ぼくが世話をする、と言っても、首を横にふるばかりだった。

ミナは、さいしょに、

「抱《だ》かせて」

と言ったためか、ショコラのほうもミナにいちばんなついていた。ハルキのやつ、

「ショコラにも、かわいい子がわかるんだね」

なんて言いやがった。なんかむかつく。

ミナとハルキは、ショコラがきっかけでどんどん仲良《なかよ》くなっていった。

ショコラは、だれが手を差《さ》し出しても、おとなしく抱《だ》かれているのに、ぼくが抱《だ》こうとすると、するりと逃《に》げていく。

「ふふ、タツル、嫌《きら》われてるみたいだね」

ミナが言うと、

「ショコラは、すなおだから、すなおな人が好《す》きなんだよ」

と、ハルキが笑《わら》った。まるで、ぼくがひねくれ者だ、とでもいうようではないか。

それは、二日前のこと。たまたま、ぼくはハルキの家の前を通った。その時、庭にショコラがいた。おばあさんはいなかった。

ショコラが愛《あい》くるしい表情《ひょうじょう》でぼくのほうを見ている。ほんとはぼくだって、ショコラを抱《だ》いてみたいと思っていた。だから、

「ショコラ！」

と呼《よ》んでみた。するとショコラは、ぼくに近づいてきた。そっと頭をなでるとクンクンと鳴いた。ところが、抱《だ》き上げようとすると、急にぼくから離《はな》れた。そして、まるでぼくがどろぼうか何か、だとでもいうように、激《はげ》しくほえたてたのだ。ぼくは思わずどなってしまった。

「なんだよ、おまえ！」

ショコラは、うーっと歯をむいてうなりながら、近づいてくる。とても、みんなに愛嬌《あいきょう》をふりまいていた犬には見えなかった。

――な、なんだこいつ……。

ぼくはこわくなって、後ろに下がった。ところが、ショコラは険《けわ》しい顔でうなりながら、突進《とっしん》してくると、いきなりぼくの足にかみついてきた。幸い、ショコラの歯がくいついたのは、ぼくの足ではなく、ズボンだったが、びっくりしたぼくは、とっさにショコラをけっ飛《と》ばしてしまった。いったん、キャン、と鳴いて離《はな》れたけれど、またぼくに向かってくる。だから、もう一度けった。

そんなに強くけったつもりはなかったのに、ショコラは、ぽんと空を飛《と》んで、敷石《しきいし》の上に落ちると、それきり動かなくなってしまった。しばらくそっと様子を見ていたが、ぴくりともしなかった。まさか……。

ぼくは、あわてて逃《に》げ出した。

みんなの視線《しせん》を感じる。疑《うたが》われているのだろうか。でも、あれはだれにも見られてないはずだ。ぜったいにだれも知らないはずだ……。

ぼくの全身から冷《ひ》や汗《あせ》が流れる。

抱《だ》いてみたかっただけなんだ。それなのに、かみつこうとするから、こわかったんだ。わざとじゃないんだ！

思わず叫《さけ》んだ。

そのとたんに、目がさめた。夢《ゆめ》だった。

「よかった……」

思わずつぶやいて、ため息をつく。わきの下にびっしょり汗《あせ》をかいていた。外はすでに明るかった。朝が来たのだ。

それにしても、自分が犬を殺《ころ》して、しかもそのことを隠《かく》そうとしてびくびくしているとは。何という悪夢《あくむ》だろう。

小さいころ、化け物に追いかけられる夢《ゆめ》を見た。高いところから落ちる夢《ゆめ》も見たことがある。あの時もこわかったけれど、それ以上《いじょう》にこわかった。もう二度と、こんな夢《ゆめ》は見たくない。

その日の下校の時、ハルキの家の前では、いつものように、おばあさんがショコラを抱《だ》いていて、ミナが近寄《ちかよ》って抱《だ》き上げてた。

本当に夢《ゆめ》でよかった。もともと、ショコラにうらみがあるわけではないのだから。

でも……。ハルキが引っ越《こ》してこなければ、いや、引っ越《こ》してきても、ショコラがいなかったら、ミナだって、今みたいにハルキと親しくはならなかったのだ。そう思うとやっぱりにくらしくなる。

ぼくは、つい、ショコラをにらみつけてしまった。

「なによ、タツル。こわい顔して」

と、ミナが唇《くちびる》をとがらせた。そんな表情《ひょうじょう》もかわいくて、ぼくの心がざわついた。

ぼくは自分で言うのもなんだけれど、まあまあ勉強もできるし、そこそこイケメンで、スポーツも得意《とくい》だった。女子ウケだって悪くないし、ミナとも、けっこう仲《なか》が良《よ》かった。それなのに、ショコラのせいで、ミナとハルキが急接近《きゅうせっきん》してしまった。

しかも、ハルキからは、意地の悪いことを言われた。

もしかしたら、ハルキが気に入らなくて、いなくなればいいと思って、それで、あんな夢《ゆめ》を見たのだろうか。

しっと。

その言葉が頭にうかぶ。このぼくが、ハルキに、しっと?

そんなそぶりは、見せられない。この気持ちを隠《かく》さなくては……。

そのためには、ショコラと仲良《なかよ》くなればいい。そうしたら、ぼくの本当の気持ちは、だれにもわからないはずだ。けれど、ショコラはどうしてもぼくになついてくれなかった。

「ショコラがいなくなったんだって」

ミナの声だ。いなくなったって、どういうことだろう、と思っていると、ささやくようなだれかの声がした。

——死んだんだよ。

え？　死んだ？

——だれかに、けっ飛《と》ばされて、打ちどころが悪かったって……。

それって、ぼくの夢《ゆめ》じゃないか。あれは予知夢《よちむ》？　それとも、願望《がんぼう》が実現《じつげん》してしまったのだろうか。

いや、本当は、けっ飛《と》ばしたのは、ぼくなのだ。キャンキャンとショコラが鳴いて、動かなくなった。敷石《しきいし》の上に血がついていた。ぼくがショコラを殺《ころ》した。でも、そのことは、だれも知らない……。

ミナと目が合った。すっとそらされた。なにか知ってるのだろうか。ミナだけじゃない。知られてないと思っているだけで、本当は、みんなぼくの秘密《ひみつ》を知ってるんじゃないか。

ぼくは首を横にふる。知ってるはずはない。

だけど、わざとじゃないんだ。はずみだったんだから、ゆるして！　ぼくは泣《な》き叫《さけ》んだ。

その時、目がさめた。びっしょりと汗《あせ》をかいていた。汗《あせ》だけじゃなくて、ほほが涙《なみだ》でぬれていた。

夢《ゆめ》だった。この前と同じ。ぼくは夢《ゆめ》の中で犬を殺《ころ》して、その秘密《ひみつ》におびえながら暮《く》らしている。なんだって、こんなひどい夢《ゆめ》を二度も見たのだろう。すべてのはじまりは、ハルキが引っ越《こ》してきたせいだ。

それからぼくは、ハルキの家の前は、足早に通りすぎることにした。関《かか》わらなければいい。ショコラなんて別《べつ》にかわいくない。ミナだって、すごくかわいいわけじゃない……。

それなのに、ぼくは何日かおきに、悪夢《あくむ》を見た。同じ夢《ゆめ》。いや、ちがう。少しずつ少しずつ、ショコラが死んでいくシーンがリアルになっていった。夢《ゆめ》の中で、血まみれで横たわるショコラは温かい。それが、だんだんと冷《つめ》たくなっていく。


ある日、学校に行くと、ハルキが休んでいた。

「ねえ、聞いた？」

いきなりミナに話しかけられて、どきっとした。でも、ずっとしゃべってなかったので、少しうれしかった。やっぱりミナはかわいい。

「聞いたって、なに？」

「ハルキんちの、ショコラがね、いなくなったんだって」

はっとして、ぼくは思わず、

「死んだの？」

と、聞いてしまった。

「タツルってば、ひどい。なんてこと言うのよ！」

ミナはぷんと横を向いて、行ってしまった。でも、ミナが怒《おこ》ったことは、死んだわけじゃないということだ。

よかった、やっぱりぼくが殺《ころ》したわけじゃない。と思ってから、なに、ばかなことを考えてるんだと思いなおす。もともと、そんなはず、ないではないか。だって、あれはただの夢《ゆめ》なのだから。

ショコラはとうとう見つからなかった。なぜいなくなったのかは、だれも知らない。ぼくが見た夢《ゆめ》のように、だれかにけっ飛《と》ばされて、それがもとで死んだらしい、といううわさを一度だけ聞いた。それから、ハルキの家の庭に、埋《う》められているというううわさも。

ハルキの家の前の道を歩きながら、ぼくは、目の前に犬がいることを想像《そうぞう》して、足をけりだしてみる。けったのは空気。重さなんてない。それなのに、なぜか足にずんとした重みを感じた。この感覚《かんかく》を、夢《ゆめ》じゃなくて知っているような気がした。

庭に埋《う》められているといううわさを聞いた時、埋《う》めたのは、ぼくなんじゃないだろうか、と思った。すると、ぼくの手が掘《ほ》り返した土で汚《よご》れているように思えてきて、手を見つめながら、何度もまばたきをしてしまった。ぼくの手は、汚《よご》れてなどいなかった。

しばらくしてハルキの家に新しい犬が来た。やはり茶色のトイプードルで、名前はココアにしたそうだ。

そして、前と同じように、いちばんにミナになつき、クラスの人気者になった。けれどぼくは、ハルキの家には近づかなかった。

ぼくがショコラを殺《ころ》したりするはずはない。

でも、ぼくの心の中に、ショコラなんていなければいい、という気持ちがあったのもたしかだから、ぼくが殺《ころ》したというのも、一〇〇パーセント間違《まちが》いではないような気がする。

あれから、足でけった感触《かんしょく》が何度もよみがえった。だからぼくは、二度とペットの動物には近寄《ちかよ》らないと決めた。

一年後、ハルキの一家は、どこかへ越《こ》していった。しばらく空き家だったその家に、新しい住人が越《こ》してきたが、小学生の子どもも、犬もいなかった。

ぼくの同級生たちは少しずつ、ハルキのこともショコラやココアのことも忘《わす》れていった。だけど、ぼくは忘《わす》れなかった。忘《わす》れかけたころになると、あの夢《ゆめ》を見るからだ。

夢《ゆめ》の中で、ぼくはショコラをけっ飛《と》ばして死なせてしまい、そのことを隠《かく》しながら、暮《く》らしている。

そして、目覚《めざ》めた時には、びっしょりと汗《あせ》をかいている。夢《ゆめ》でよかったと思う。

でも、夢《ゆめ》でよかったと思っている自分は、まだ夢《ゆめ》の途中《とちゅう》なのかもしれない……。

＊　＊　＊

中学生になったころ、母《かあ》さんが、友だちから、猫《ねこ》をもらってくれないかと、たのまれたことがあった。

「猫《ねこ》なんて、めんどくさいから、やだ」

「タツル、前は動物飼《か》いたいって、言ってたじゃないの」

と、母《かあ》さんが言った。

めんどうだったからではない。本当は動物を飼《か》ったら、自分が殺《ころ》してしまうのではないかと思ってこわかったのだ。

そうして、ぼくは、犬も猫《ねこ》も、小鳥も金魚も飼《か》うことなく、大人《おとな》になった。

日曜日のUFO《ユーフォー》

二宮由紀子《にのみやゆきこ》

その日は日曜で、算数の宿題が終わった後は急にひまになった。ぼけっと窓《まど》から外を見たとたん、海岸べりのタワーマンションの向こうの空に白い球形のものが浮《う》かんでるのが目に入った。

「あっ、飛行船《ひこうせん》」

飛行船《ひこうせん》は、平べったいクジラみたいな形をしてるんだけど、こっちへまっすぐ向かってくるときは球の形に見えるんだ。

ぼくの家はマンションの九階だから、今日《きょう》みたいな天気のいい日曜にはよく広告《こうこく》の飛行船《ひこうせん》が見える。たいていはビール会社の。時々は選挙《せんきょ》だとか、テレビ局の番組宣伝《せんでん》とかのも。

海岸で空を見上げてる大人《おとな》の人たちにとっても、飛行船《ひこうせん》がのんびり海の上を横切って動いていくのは、きっと楽しいんだと思う。もし楽しんで見てるのが、ぼくたち子どもだけだったら、ビールの広告《こうこく》にならないもんね。

「これは、どこの広告《こうこく》かな？」

ぼくは飛行船《ひこうせん》が角度を変《か》えて近づいてくるのを待った。けっこう時間がかかるんだよね。飛行船《ひこうせん》って。ものすごくゆっくり動くから。

今日《きょう》のは特《とく》にゆっくりで、ずっと白い球形のまま。で、そろそろ待つのに飽《あ》きてきたとき、

「リョウ、ちょっと手を貸《か》して」

と母親の声がしてリビングに行くと、待っていたのはカポックの鉢《はち》を母親といっしょに持って動かす仕事だった。

言いたくないけど、うちの母親って決断力《けつだんりょく》がない。最初《さいしょ》はテレビの横に置《お》くと言ってたのに、いざ動かすと葉の緑が目に入ってテレビを見るとき気になるかも……と言いだした。で、壁《かべ》ぎわに置《お》くことになってソファーの横に運ぶと、こんどはソファーと高さのバランスが微妙《びみょう》によくないから変《か》えると言う。洗面所《せんめんじょ》は日照《にっしょう》が悪いと言い、ベランダは他の鉢《はち》の日照《にっしょう》が悪くなると言い、結局《けっきょく》、玄関《げんかん》のポーチで母親がなんとか満《まん》足《ぞく》して解放《かいほう》されるまでには、なんやかんやで一時間近くたったたと思う。

それで自分の部屋《へや》に戻《もど》ったとたん、飛行船《ひこうせん》のことを思い出した。もう、いくらなんでも、どっかへ行っちゃったよな……と思いながら、窓《まど》の外を見て、ぼくは目を疑《うたが》った。白い球はまだ、そこにあったのだ。さっきとまったく同じ位置《いち》、まったく同じ大きさのままで。

これは、いままでないことだった。だって動いていくからこそ、飛行船《ひこうせん》は多くの人に見てもらって広告《こうこく》になる。同じ場所にじっと同じ角度でいるんなら、ポスターと同じだ。

しかも、もっと変《へん》なのは、その球がなんだか光を増《ま》していたことだった。ぼくはよ

く見ようと窓《まど》から体を乗り出した。と、そのとたん、球はぎろっと光った。一瞬《いっしゅん》。赤黒い強い光で。

ちかって言うけど、まだ夕日なんかの時間じゃない。

そして球は突然《とつぜん》、くいっとすごいスピードでななめ下のほうに動き、それから、もう一度くくっ、と同じ方向にもっとすごいスピードで動くと、こんどはふわっと浮《う》き上がってタワーマンションの裏側《うらがわ》に消えてしまった。

「……で、そのあとずっと見張《みは》ってたんだけど、もう全然《ぜんぜん》現《あらわ》れなかったんだ。なんか、すごく変《へん》な気分だった。だって、あんな動き方、見たことない。それに、ものすごいスピードだった、なんていうか……瞬間《しゅんかん》移動《いどう》、みたいな。あれ、UFO《ユーフォー》だったんだと思う」

翌日《よくじつ》、学校でぼくが話すと、ショーヤもタツくんもだまりこんだ。だれも、あの球のことは見ていなかったんだ。近所なのに。

「おまえ、夢《ゆめ》見てたんじゃないのか」

ショーヤがぽつんと言ったら、タツくんも、

「思いちがいってこともあるよな。だって空のどこって言われても、一時間も前に見てたとこがどこだったのか、おれ、自信《じしん》ないもの」

と言って、ぼくの顔を見た。

「いや、タワーマンションが目印《めじるし》になってるから、絶対《ぜったい》まちがいないんだ」

と、ぼくが反論《はんろん》しかけたとたん、

「ＵＦＯ《ユーフォー》の目撃証言《もくげきしょうげん》って、たいてい、かんちがいだっていうからな」

と声がして、ふりかえったら横沢《よこざわ》だった。いつも一人でぽつんといる地味なやつ。

そいつが真面目《まじめ》な顔で、ぼくを見て言葉を続《つづ》けた。

「一番多いのが飛行機《ひこうき》で、それから人工衛星《えいせい》。アドバルーンや飛行船《ひこうせん》、雲、渡《わた》り鳥《どり》ってケースもある」

「鳥！」

と、ショーヤがすっとんきょうな声を出して、

「だいたい、おまえの話、迫力《はくりょく》ないよ。もっとＵＦＯ《ユーフォー》を捕獲《ほかく》したとか、逆《ぎゃく》に宇宙人《うちゅうじん》

にUFO《ユーフォー》の中に連《つ》れこまれたとかさあ」

と言うと、

「宇宙人《うちゅうじん》なんて、そもそもいないよ。そんなのはマンガの話」

タツくんは立ち上がって大きな声で笑《わら》った。

昼休み、ぼくは、一人で屋上に行った。なんか、むしょうにくやしかった。

くやしかったのは信《しん》じてもらえなかったからじゃない。それより、自分でも「迫力《はくりょく》ない」って思ったからだ。

でも、見たことはたしかだった。あの変《へん》な動き。それにスピード。鳥なんかじゃ絶《ぜっ》対《たい》ない。

まして、見慣《みな》れた飛行船《ひこうせん》とは絶対《ぜったい》にちがった。あんな海の上高くにアドバルーンが上がるのも見たことないし……でも……。

屋上から見上げる空は、あっけらかんと、ただ青いだけだった。そして雲、平凡《へいぼん》な。UFO《ユーフォー》のすがたはどこをどう見てもなくて、宇宙人《うちゅうじん》なんて、結局《けっきょく》、タツくんが言ったように……。

「そんなことないわ。宇宙人《うちゅうじん》はいるじゃないの。それに平凡《へいぼん》な雲なんてないのよ。雲は一刻一刻《いっこくいっこく》、変《か》わってるんだから」

すぐそばで声がして、ぼくは飛《と》び上がった。

「だっ、だれ？」

「あたし？　そう、星のかけら、とでも言えばいいかしらね」

「えっ」

まさか、きのうの……と思ったとたん、

「きのうなんて知らないわよ。でも、あんたがＵＦＯ《ユーフォー》なんかさがしてるから、つい……ね」

と、その声は笑《わら》って、それから言った。

「あたしはね、あんたが寄《よ》りかかってる手すりの下のコンクリートブロック」

「ええーっ」

思わず、手すりから飛《と》びずさってしまった。

「そうよ。あんまり気楽に寄《よ》っかかんないでよね」

と、コンクリートブロックは言ったけど、口も目鼻も見当たらない。でも確実《かくじつ》に、こいつがしゃべってるんだな、って感じはした。

「そうなのよ。やっと、あたしがわかったみたいね」

「……わ、わかったけど、コンクリートブロックのくせに、なんで、そんな『星のかけら』だなんて、うそを……」

ぼくは少し腹《はら》を立てていた。こんなコンクリートブロックなんかにからかわれるなんて。

「あら、うそじゃないわよ。あんた、コンクリートが何でできてるか知らないの？あたしは星のかけら。この地球のかけらから、できてるんだから」

ぼくは一瞬《いっしゅん》、言葉につまり、それから言った。

「で、でも、宇宙人《うちゅうじん》がいるなんて……」

「いるじゃないの、目の前に。っていうのは、あたしの目の前ってことだけど」

「どっ、どこ？」

ぎょっとして、ふりかえったけど、だれも……なにも……いない。

「そうよ、あんたしかかね。あんたのことよ、宇宙人《うちゅうじん》ってのは」

コンクリートブロックは、ゆっくり、言った。

ぼくが宇宙人《うちゅうじん》？　ＵＦＯ《ユーフォー》を見たせいで宇宙人《うちゅうじん》にされた……？

「ちがうわよ。あんたはもとから宇宙人《うちゅうじん》」

まさか……。目の前がくらくらする。

でも、次の瞬間《しゅんかん》、

「だって、あんたは地球人で、地球は宇宙《うちゅう》の一員でしょ？」

と言われて、ぼくはへなへなと力が抜《ぬ》けた。

「なんだ……」

「なによ、自分が地球人だって知らなかったの？」

「知ってたよ。でも……あんまり、なんか地球人なんて……思わなくて……。そりゃ、もちろん、日本人《にほんじん》って気ならするけどね」

ぼくが言い返すと、

「じゃ、愛知人《あいちじん》って気はするの？　それとも尾張人《おわりじん》とか三河人《みかわじん》とか？」

って、コンクリートブロックは聞いてきた。

「愛知人《あいちじん》？　そりゃ愛知県《あいちけん》に住んでるけど……それに尾張《おわり》って、織田信長《おだのぶなが》の？　ええと三河《みかわ》は、徳川家康《とくがわいえやす》だっけ……いや、そんなこと言われても……」

「変《へん》なの。宇宙人《うちゅうじん》って気はしなくて、地球人って気もしなくて、日本人《にほんじん》って気はして、でも愛知人《あいちじん》って気はしない。尾張人《おわりじん》とか三河人《みかわじん》とかって気もしない。知ってるの？　昔は尾張《おわり》と三河《みかわ》は全然別《ぜんぜんべつ》の外国同士《どうし》だったのよ。それに徳川幕府《とくがわばくふ》が倒《たお》されるぎりぎりのころまでは、だれも自分が『日本人《にほんじん》』だなんて考えもしなかった。だから日《に》本人同士《ほんじんどうし》で戦争《せんそう》をして殺《ころ》し合うのも当然《とうぜん》のことで、明治《めいじ》時代になってからも九州《きゅうしゅう》で西《せい》南戦争《なんせんそう》が起きてるしね」

「よく知ってるね」

ぼくが感心すると、

「そりゃ、あたしは平成《へいせい》生まれじゃないもんね。いろいろ見てる……。ああ、でも宇《う》宙人《ちゅうじん》の話だったわね。さっき、あんたさ、宇宙人《うちゅうじん》のこと、ずいぶんこわそうにしてたけど、宇宙人同士《うちゅうじんどうし》で殺《ころ》し合いしそうで、こわいの？　地球人同士《どうし》で殺《ころ》し合うみたいに」

と、コンクリートブロックは言ったので、ぼくは、ちょっとたじろいだ。

「……こ、こわくないよ。それに、ぼくが宇宙人《うちゅうじん》てのはいいとして、でも、地球以外《いがい》に宇宙人《うちゅうじん》なんかいないいんだって、みんな、言うよ」

と言うと、

「ばかね。あんたって、みんなが言うことがみんな正しいって信《しん》じてるの？」

コンクリートブロックはためいきをついた。

「そんなことないけど……でも、地球は水におおわれた特別《とくべつ》な星なんでしょ？　金星なんかは太陽に近すぎて熱《あつ》くて海も蒸発《じょうはつ》しちゃうし、木星や土星は逆《ぎゃく》に遠くて寒いから水は凍《こお》ってしまって、だから生き物は生まれない、って……」

「あんたのその『地球が特別《とくべつ》な星』っていうのは、ちっぽけな太陽系《たいようけい》の範囲《はんい》の、それも恒星《こうせい》の中でのことでしょ？　木星の衛星《えいせい》エウロパや土星の衛星《えいせい》エンケラドスでは、生物が生まれている可能性《かのうせい》が高いらしいし、もっと広い宇宙《うちゅう》の中じゃ、べつに地球は特別《とくべつ》な星じゃなくて、ありふれた平凡《へいぼん》な星のひとつよ。なのに、あんたたちみたいな宇宙人《うちゅうじん》がいる星は地球だけなんて考えるほうが変《へん》じゃない？」

「じゃ、UFO《ユーフォー》に乗ってくる宇宙人《うちゅうじん》も……でも、UFO《ユーフォー》の目撃証言《もくげきしょうげん》って、たいてい、かんちがいだって聞いたよ」

「そう、目撃証言《もくげきしょうげん》のだいたい六パーセントだとも聞くわ、かんちがいやインチキだって明快《めいかい》に説明《せつめい》できないものは」

「たったの六パーセント……」

「でも、ということは五十人中三人の証言《しょうげん》は正真正銘《しょうしんしょうめい》のUFO体験談《ユーフォーたいけんだん》かもしれないってことよ？　しかも日本でなら自衛隊《じえいたい》とか航空《こうくう》会社のパイロットに目撃証言《もくげきしょうげん》は多い。彼《かれ》らは高い視力《しりょく》の持ち主だし、人工衛星《えいせい》は肉眼《にくがん》で何度も見てるから、それとは動きがちがうと証言《しょうげん》してる。それで共通《きょうつう》してるのは、その動く物体が地上のレーダーには何もとらえられていなかったって点」

「じゃ、宇宙人《うちゅうじん》やUFO《ユーフォー》を信《しん》じてる人は、大人《おとな》にもちゃんといるんだね？」

「だから、あんたね、さっきからがまんしてたけど、宇宙人《うちゅうじん》っていったら地球人も含《ふく》まれちゃうから、正しくは『地球外知的《ちてき》生命体』というべきなの」

と、コンクリートブロックは、いらいらした声で訂正《ていせい》してから、

「二〇一七年に太陽系《たいようけい》外から飛来《ひらい》してＮＡＳＡ《ナサ》が『観測史上初《かんそくしじょうはつ》の恒星間天体《こうせい》』と認《みと》めた葉巻型《はまきがた》のオウムアムアのニュースは覚《おぼ》えてる？　このオウムアムアって名前は、ハワイ語で『最初《さいしょ》の使者』とか『偵察者《ていさつ》』の意味。オウムアムアを小惑星《しょうわくせい》だと伝《つた》える報道《ほうどう》も多いし、まあ事実はまだまだわかんないけど、でも『偵察者《ていさつ》』なんて名づけた研究者たちは、地球外知的《ちてき》生命体が存在《そんざい》するという夢《ゆめ》を笑《わら》うような人たちじゃないことは確《たし》かよね。

実際《じっさい》、電波を使えば宇宙《うちゅう》でも交信《こうしん》ができるから、地球外知的《ちてき》生命体の出している電波を電波望遠鏡《ぼうえんきょう》で探《さが》す試《こころ》みはとっくに世界の研究者たちが行ってるし、逆《ぎゃく》に地球からの電波メッセージも送られてる。もっとも、その返事が来るまでには五万年は待たなきゃいけないってことだから、あたしはともかく、短命のあんたはまず無理《むり》ね」

と、せせら笑《わら》った。

五万年……。そのときには確実《かくじつ》に、ぼくは死んでるんだ。返事が返ってきても、そ

の世界にぼくはいない。……じゃ、ぼくは、どこに……ぼくは……ぼくは、ゼロになって……。

「そんな顔しないの。ま、それだけ宇宙《うちゅう》は広いってことよ。あ、それから、あんたはさっきからUFO《ユーフォー》を宇宙人《うちゅうじん》といっしょくたに考えてるみたいだけど、UFO《ユーフォー》も正確《せいかく》には『未確認飛行《みかくにんひこう》物体』って意味だからね。たとえば最近《さいきん》のステルス戦闘機《せんとうき》がレーダーにとらえられないように、防衛《ぼうえい》上の秘密《ひみつ》で守られた新型兵器《しんがたへいき》の可能性《かのうせい》もある。というのもUFO《ユーフォー》の目撃情報《もくげきじょうほう》が多い場所っていうのが世界にあって、そのひとつが原発やなんかの核施設《かくしせつ》の近辺《きんぺん》……」

「えっ、核《かく》……」

「そうなのよ。ふつうのミサイルだって核施設《かくしせつ》につっこめば即《そく》、核《かく》ミサイルだから、あたしだってどうなるかって思うとこわいけど、だから、ま、UFO《ユーフォー》ひとつとっても、いろんな考えかたができるってわけよ。UFO《ユーフォー》なんて存在《そんざい》しない、って頭から否《ひ》定《てい》しちゃったら、そこで考えることもストップしちゃうだけだけどね」

「うーん……」

と、ぼくがだまりこんだとき、

「おっ、リョウ」

「おまえもＵＦＯ《ユーフォー》さがし？」

ショーヤとタツくんの声がして、

「もしかして何か見えた？」

と、横沢《よこざわ》が興奮《こうふん》した顔でさけんだのと、

「じゃね、バイバイ」

と、コンクリートブロックがささやいたのが同時だった。

「いや……あ、でも、えーと、考えてたんだ、ぼくもね」

と、ぼくは言った。

とたんに三人の目が光る。……そうだよ、こいつらと、もっとちゃんと考えてみるべきなのかもしれない。うん、雲だっていつのまにか、さっきとはちがう竜《りゅう》の形で逆《さか》巻《ま》いているんだしね。

それは考えてはいけない

令丈《れいじょう》ヒロ子《こ》

いつから、そういうことになったのかわからないのです。

でも気がついたらある時期に集中して、起こるようになっていました。

それは何かというと、「……になったらどうしよう」と思い浮《う》かべると、本当に起こるのです。思い浮《う》かんだ、その通りになるのです。

こう書くと、超能力者《ちょうのうりょくしゃ》みたいですごいですよね。

じゃあ、どんどん「お金持ちになりたい」とか「モテモテになりたい」など、自分につごうのいいことを思い浮《う》かべたらいいじゃないかって話ですが、そううまくはいかないのです。

たとえばこんなことがありました。

二十代のとき。とても好《す》きなレストランが当時住んでいたワンルームマンションの近所にありました。

そのお店は、若《わか》いわたしにはぜいたくなお店だったので、たまにしか行けませんでした。

でも、元気になりたいとき、すごくつらいことがあったときは、出費《しゅっぴ》が厳《きび》しくてもがんばっておしゃれして、一人で行きました。

そのお店のふんいきや、飾《かざ》ってあるもの、お料理《りょうり》、お酒、それにいつもにこやかできびきびしているお店の人たち、すべてが好《す》きでした。

そこに行くとやすらぎ、またがんばろうと思える、オアシスのような場所でした。

ある日、そのお店でいつもに増《ま》して楽しい食事をした後、

（もしこのお店がなくなってしまったらどうしよう。それ、つらいな）

と、ふいに思いました。

（まさか！　こんなにはやっているお店だから、つぶれそうもないし。そんなこと起こるはずがない。なんでそんなへんなことを考えたんだろう）

と、ちょっと嫌《いや》な気持ちになりました。

ほどなくそのレストランはなくなりました。

お店の建物《たてもの》はそのままの内装《ないそう》で残《のこ》っているのですが、話を聞くとシェフだったオーナーさんが、前からどうしてもやりたかった仕事があり、商売替《が》えをしてしまったそうです。

ガラスのドアの向こうは事務所《じむしょ》になり、カウンターにはパソコン、わたしがよく座《すわ》っていた席《せき》はテーブルがとりはらわれ、コピー機《き》が置《お》いてありました。

わたしはとてもがっかりして、「嫌《いや》な予感があたったな」というもやもやした気持ちになりました。

そして、そういえばこんな感じのことが最近《さいきん》あったなと思い出しました。

その少し前のことでした。

ちょっと遠出した町で、老舗《しにせ》の大きな旅館の前に出ました。

その立派《りっぱ》な門構《もんがま》えや歩いても歩いても途切《とぎ》れない長い塀《へい》から、長い歴史《れきし》と品格《ひんかく》がにじみ出ていて、「おまえのような格下《かくした》の者は、ここには入れないぞ」と言われているかのように、そのとき感じました。

（こんなすごい旅館に泊《と》まることなんかこの先ないだろうけど、ここに泊《と》まるようなことになったらどうしよう。もう気を遣《つか》って全然《ぜんぜん》くつろげないだろうなあ）

なんとなくそう思いました。

そうしたらその後、いろんな事情《じじょう》が重なって、知り合いの付《つ》き添《そ》いで、その旅館に泊《と》まることになったのです。

わたしは、自分が泊《と》まるのがその老舗《しにせ》旅館だと知ったとき、

（えっ？　あのときの旅館じゃないの。本当に泊《と》まることになってしまった！）

と、その偶然《ぐうぜん》に驚《おどろ》きました。

その旅館では、やはり全くくつろげず、緊張《きんちょう》しっぱなし。

せっかくの凝《こ》ったお料理《りょうり》も時間がなくてほとんど味わえずでした。

今思えばせめて立派《りっぱ》な調度品やお庭などを、ゆっくり見ておけばよかったと後悔《こうかい》していますが、当時のわたしには貴重《きちょう》ではありますが、シンドイ経験《けいけん》でしかありませんでした。

レストランの店じまいにショックを受けた後、そのことを思い出したのです。

（あのときも「……になったらどうしよう」って思ったら本当になったな。わたしって「嫌《いや》な予感」があたる人なんだろうか）

なにかの能力《のうりょく》だとしても、ちっともうれしくありません。

（いい予感があたるんだったらいいのに。こんなの、つまらないな）

そういうことはその後も何回かありました。しかしどれも日常《にちじょう》の細かいことで、たいして生活に影響《えいきょう》のないものばかり。そのうち気にもならなくなりました。

その一年後。

そのころのわたしは、あまり良《よ》い状況《じょうきょう》ではありませんでした。

比較的若《ひかくてきわか》い年齢《ねんれい》で児童書《じどうしょ》作家としてデビューはできたものの、勉強不足《ぶそく》、実力不足《ぶそく》がたたり、その後の作品が続《つづ》かず仕事に困《こま》っていました。

出版社《しゅっぱんしゃ》に持ちこむ原稿《げんこう》は書いても書いても採用《さいよう》されず、いっこうに新しい本を出せそうにない。短いお話の仕事をやっといただけたと思ったら、不採用《ふさいよう》になります。大きな書店に行くと、ずらりと並《なら》ぶ新刊《しんかん》本の華《はな》やかな色彩《しきさい》にのみこまれるような気分になってあわてて店を飛《と》び出したりしました。

そんなある日、書店の表に並《なら》んでいる大変《たいへん》有名な雑誌《ざっし》を目にして、ふと思いました。

（今、こんなメジャーな雑誌《ざっし》で連載《れんさい》を依頼《いらい》されたら、どうしよう。全然《ぜんぜん》うまく書けないだろうな）

そして一瞬《いっしゅん》でもそんなことを考えた自分をわらいました。

（今のわたしに、そんな大きな仕事が来るわけないのに。あーあ、バカなこと考えちゃったな……）

なのに、ほどなく本当にその雑誌《ざっし》から連載《れんさい》の依頼《いらい》が来たのです。

なぜその雑誌《ざっし》が当時のわたしに依頼《いらい》をくださったのか、いまだにわかりません。

担当編集者《たんとうへんしゅうしゃ》さんが打ち合わせのときに「きみ、本当に大丈夫《だいじょうぶ》？」という感じで、すごく不安《ふあん》そうだったのを覚《おぼ》えています。

そして連載《れんさい》の仕事は、やはりすごく厳《きび》しいものになりました。

すぐにやってくる締《し》め切り、雑誌《ざっし》の限《かぎ》られた文字数の中での切り詰《つ》めた表現《ひょうげん》、読者の人気投票《とうひょう》でダイレクトにわかる順位《じゅんい》、初《はじ》めてのことばかりでもう必死《ひっし》です。

それまでの自分が、プロ作家としてどれだけ甘《あま》かったのか、力のなさをも、思い知らされるような毎日でした。

とはいうものの、無我夢中《むがむちゅう》でがんばっているうちに、最初《さいしょ》は低《ひく》かった人気投票《とうひょう》の順位《じゅんい》がじりじりと上がっていき、さらに継続《けいぞく》で次の年も連載《れんさい》の依頼《いらい》をいただけました。

(「……になったらどうしよう」現象《げんしょう》って、いいことも引き起こすんだ!)

単《たん》に自分が「ぜひ、こうなりたい!」と願《ねが》っても、実現《じつげん》しないし、起こってほしくないことも少しは起こるけれど、こういう信《しん》じられないようないいこともある。

お調子者のわたしは、今までのことが「予感」じゃなくて、自分が望《のぞ》んだために引き起こした現象《げんしょう》かも! と思いました。

こういう能力《のうりょく》があるんだったら、いやなことは少々あっても、この先また困《こま》ったときに、「……になったらどうしよう」を思い浮《う》かべればいい。

そうしたら、またこうやって助かるだろう。

（うわー、それってラッキー！　「ふだんは使えないけれどいざとなったらアレがあるから」という生命保険的《ほけんてき》な感じで安心だし！）

というようなことを思い、すごく気が楽になりました。

仕事も徐々《じょじょ》に増《ふ》えてきて、原稿《げんこう》が不採用《ふさいよう》になる確率《かくりつ》もかなり低くなったある日のこと。

家の近所の狭《せま》い踏切《ふみき》りを渡《わた》ろうとしたとき、目に焼《や》きつくような真っ赤なオープンカーがやってきました。

すごく派手《はで》なカップルが乗っていて、音楽をがんがん鳴らしながら踏切《ふみき》りにつっこんできました。

真夏の炎天下《えんてんか》で、早く帰りたいのに、その車にわりこまれてムカッときました。

わたしは、しかたなく踏切《ふみき》りの手前で車が行くのを待ちながら、ふと思いました。

（あの車が踏切《ふみき》りの途中《とちゅう》でひっかかって止まったりしたら、どうしよう）

そのとき、まさかそんなことが本当に起きるとは思っていませんが、同時にそれが起こるのを期待する気持ちもどこかにありました。

それまでは「……になったらどうしよう」を意識的《いしきてき》に使ってみたことがなかったので、一度試《ため》してみたかったというのも、正直ちょっとありました。

すると、本当にその車が踏切《ふみき》りの真ん中で動かなくなってしまったのです。

今から二十年以上《いじょう》前のことで、踏切《ふみき》りもでこぼこしていて、整備《せいび》されていません。飛《と》び出したなにかにひっかかったのか、運転手の男性《だんせい》が必死《ひっし》でアクセルを踏《ふ》んでもなぜか車は前に進みません。

わたしはびっくりして、立ちすくみました。

（まさか本当になるなんて！）

わたしはあせりました。

車が壊《こわ》れるとか、ましてや事故《じこ》になるとか、そんなことを思い浮《う》かべたのではありません。

（このまま動かないと大変《たいへん》だ！　もし今、電車が来たらどうしよう！）

あせってそう思ったとたんに、踏切《ふみき》りの警報《けいほう》が、かんかんと鳴り始めました。

（しまった！）

わたしは総毛《そうけ》立ちました。

（考えてはいけないことだった！）

ぼうぜんとしていると、遮断機《しゃだんき》の棒《ぼう》が下りてきました。

住宅街《じゅうたくがい》の中の踏切《ふみき》りで、駅からずいぶん離《はな》れています。駅員も近くにいませんし、周囲《しゅうい》に通行人もいませんでした。

踏切《ふみき》りには警報機《けいほうき》の近くに非常《ひじょう》ボタンがあるはずで、それを押《お》せば運転士《うんてんし》に危険《きけん》を知らせることができたはずです。

しかしうろたえたわたしは、非常《ひじょう》ボタンを見つけられず、ぜったいにやってはいけないこと……遮断機《しゃだんき》を押《お》し開《ひら》いて踏切《ふみき》りの中に入り、車の後ろに近づいたのです。

車を押《お》すとか、車中の人に呼《よ》びかけるとか、なんとかしなければいけないと思って、そうしたのですが。

そのとたん、いきなり車がバックしました。

運転手もわたしが近寄《ちかよ》ってきているとは思っていなかったのでしょう。

そして前には進めなくてもバックなら動くかも！　と思い立ったのでしょう。

車はわたしに向かってきました。ぶつかると思いました。

しかし、体にぶつかる一センチ手前で止まりました。

車はいったん止まったかと思うと、急発進して、踏切《ふみき》りを出ていきました。

車体が遮断機《しゃだんき》の棒《ぼう》にぶつかったとは思いますが、折《お》れはしませんでした。

運転手と、助手席《じょしゅせき》の女性《じょせい》はこちらを振《ふ》り向きもしないで、踏切《ふみき》りを渡《わた》りきると逃《に》げるように住宅街《じゅうたくがい》を走り抜《ぬ》けていきました。

残《のこ》されたわたしは、なんとか踏切《ふみき》りから出たものの、しばらく頭が真っ白になって、動けませんでした。

本当にこわかったです。

それ以降《いこう》、わたしは「……になったらどうしよう」と思わないように努力《どりょく》しました。

また、あんなことを思って、実現《じつげん》したら今度はとりかえしのつかないことになるかもしれません。

それになんとなく「調子に乗って罰《ばち》があたった」感じもぬぐえませんでした。

なにか特別《とくべつ》な力を授《さず》かったり、すごくいいものをもらったのに、いい気になってその使い方をまちがえたら、ひどい目にあう……というのは昔話とか名作童話などでも、よくあるパターンです。

それでその後、「……になったらどうしよう」という考えが浮《う》かんだら、そこから広がる妄想《もうそう》にぱっとふたをして、発生させないようにしました。

それが習慣《しゅうかん》になったのか、しだいに「……になったらどうしよう」とは思わなくなり、そのうち忙《いそが》しさにまぎれてすっかり忘《わす》れていました。

今回、このお話の依頼《いらい》をいただいて、「本当にあったこわい体験《たいけん》を描《か》くなんて、できるかな。幽霊《ゆうれい》も妖怪《ようかい》も見たことないし。困《こま》ったなあ」と思いました。

そこでずいぶん考えて、二十代の一時期にあった、これらのことを思い出したのです。

今思えば、その時期のわたしはものすごく傷《きず》つくことにおくびょうで、毎日が不安《ふあん》でした。

五十代になった今から見れば、若いわたしは大した問題を抱《かか》えていませんし、むしろのんびりしすぎていて、もっと本気で毎日を生きろと喝《かつ》を入れたい感じです。

しかし、そのころのわたしは、それまでの自分の考えやものの見方を変《か》えなくてはいけないことにぶつかるのが、こわくてこわくて、たまらなかったのでしょう。

そしてそれがもう目の前に迫《せま》っているということもうすうす感じていたのでしょう。

そういう「今までの自分ではいられなくなるかも」というびくびくした気持ちが、「……になったらどうしよう」という不安《ふあん》を高めていたのだと思います。

いつもさざ波が立っているような落ち着かない気持ちが、そういう現実《げんじつ》を呼《よ》び寄《よ》せてしまったのか。

神経過敏《しんけいかびん》になって、これから起こることを予知するような、おかしなアンテナが立ってしまったのか。

真実はわかりません。

ただ、改《あらた》めて当時のことを振《ふ》り返って思うのは、「神様が授《さず》けてくださった特別《とくべつ》な能力《のうりょく》を調子に乗って悪用したため罰《ばち》があたって失《うしな》った」というのは、やっぱりできすぎだし、もし今そんなありきたりな童話を書いたら、きっと不採用《ふさいよう》になるだろうな！ということです。

あと、これを読んだみなさんは、もし踏切《ふみき》りで緊急事態《きんきゅうじたい》が起こったら、必《かなら》ず落ち着いて非常《ひじょう》ボタンをさがして、押《お》してください。

いろんな意味で、昔のわたしのようなことはしないでくださいね。

著者プロフィール

山下美樹（やました・みき）　埼玉県生まれ。主な作品に、幼年童話「ケンタ」シリーズ、科学ノンフィクション『「あかつき」一番星のなぞにせまれ！』、知識絵本『地球のあゆみえほん』などがある。

寮　美千子（りょう・みちこ）　東京都生まれ。一九八六年、毎日童話新人賞を受賞。二〇〇五年、長編小説で泉鏡花文学賞を受賞。〇六年より奈良市に在住。『へいきの平太郎 稲生物怪物語』など著書多数。

那須田　淳（なすだ・じゅん）　静岡県生まれ。主な作品に『ペーターという名のオオカミ』（第20回坪田譲治文学賞など）『一億百万光年先に住むウサギ』『願かけネコの日』『星空ロック』「笑い猫の5分間怪談」シリーズなど。

長崎夏海（ながさき・なつみ）　沖永良部島在住。『トゥインクル』で第40回日本児童文学者協会賞、『クリオネのしっぽ』で第30回坪田譲治文学賞受賞。他に『蒼とイルカと彫刻家』『レイナが島にやってきた！』など多数。

村上しいこ（むらかみ・しいこ）　三重県生まれ。主な作品に「かめきち」シリーズ、「わがままおやすみ」シリーズ、「日曜日」シリーズ、『うたうとは小さないのちひろいあげ』『ねこ　どんなかお』など多数。

倉橋燿子（くらはし・ようこ）　広島県生まれ。主な作品に『風を道しるべに…』（全10巻）、『いちご』（全5巻）、『青い天使』（全9巻）、『パセリ伝説』（全12巻）、『ポレポレ日記』（全5巻）、『生きているだけでいい！　馬がおしえてくれたこと』などがある。

廣嶋玲子（ひろしま・れいこ）　神奈川県生まれ。二〇〇六年に『水妖の森』でデビュー。主な作品に「ふしぎ駄菓子屋銭天堂」シリーズ、「もののけ屋」シリーズ、「魔女犬ボンボン」シリーズがある。

濱野京子（はまの・きょうこ）　熊本県生まれ東京育ち。『トーキョー・クロスロード』で第25回坪田譲治文学賞受賞。主な作品に『バンドガール！』『ビブリオバトルへ、ようこそ！』『ソーリ！』など。

二宮由紀子（にのみや・ゆきこ）　大阪府生まれ。主な作品に「ハリネズミのプルプル」シリーズ、「あいうえおパラダイス」シリーズ、『きらい』『スイーツ駅伝』など。

令丈ヒロ子（れいじょう・ひろこ）　大阪府生まれ。主な作品に児童書では「若おかみは小学生！」シリーズ、『パンプキン！　模擬原爆の夏』など。一般書では『ハリネズミ乙女、はじめての恋』がある。

編　者

たからしげる

大阪府生まれの東京都中野区育ち、千葉県市原市在住。立教大学社会学部社会学科卒業。産経新聞社で記者として働いているときに「フカシギ系。」シリーズで作家デビュー。主な作品に「絶品らーめん魔神亭」シリーズ、「フカシギ・スクール」シリーズ、『ふたご桜のひみつ』『盗まれたあした』『ギラの伝説』『さとるくんの怪物』『みつよのいた教室』『ラッキーパールズ』『プルーと満月のむこう』『想魔のいる街』『由宇の154日間』『３にん４きゃく、イヌ１ぴき』『ガリばあとなぞの石』など。ノンフィクションに『まぼろしの上総国府を探して』『伝記を読もう　伊能忠敬』など。絵本に『ねこがおしえてくれたよ』(久本直子絵)、訳書に「ザ・ワースト中学生」シリーズ（ジェームズ・パターソンほか著)、編者としてＰＨＰ研究所から「本当にあった？　世にも〈不思議〉〈奇妙〉〈不可解〉なお話」シリーズ（全３巻）がある。趣味は映画鑑賞とドラム演奏。

イラストレーター

shimano

神奈川県在住。イラストレーター。書籍の装画や挿絵など、幅広くイラストを手がける。主な装画に『僕が愛したすべての君へ』『君を愛したひとりの僕へ』『一番線に謎が到着します　若き鉄道員・夏目壮太の日常』『なくし物をお探しの方は二番線へ　鉄道員・夏目壮太の奮闘』『きみといたい、朽ち果てるまで　～絶望の街イタギリにて』『この世で最後のデートをきみと』などがある。

カバーデザイン：AFTERGLOW
イラスト：shimano
本文デザイン：印牧真和

本当にあった？　恐怖《きょうふ》のお話・闇《やみ》

2018年3月6日　第1版第1刷発行

編　　者　たからしげる
発 行 者　瀬津　要
発 行 所　株式会社ＰＨＰ研究所
東京本部　〒135-8137　江東区豊洲5-6-52
児童書出版部　☎03-3520-9635（編集）
児童書普及部　☎03-3520-9634（販売）
京都本部　〒601-8411　京都市南区西九条北ノ内町11
PHP INTERFACE　https://www.php.co.jp/

制作協力
組　　版　株式会社ＰＨＰエディターズ・グループ
印 刷 所
製 本 所　図書印刷株式会社

ISBN978-4-569-78740-4

NDC913 ＜173＞P 20cm